LYSISTRATA

LYSISTRATA

Die Komödie des
ARISTOPHANES

Neu übersetzt von
ERICH FRIED

Kommentiert von
BARBARA SICHTERMANN

Mit einer Materialsammlung von
HEINKE LEHMANN

Verlag Klaus Wagenbach Berlin

Wagenbachs Taschenbuch 206
Neuausgabe 1992

Umschlaggestaltung Rainer Groothuis
Gesamtherstellung durch die
Druckerei Wagner, Nördlingen
Gedruckt auf chlor- und säurefreiem Papier

ISBN 3 8031 2206 6
Für die Abbildungen auf den Seiten
7, 28, 31, 76, 95, 118 danken wir dem
Antikenmuseum/Bildarchiv Preußischer Kulturbesitz
Das Karnickel auf Seite 1 zeichnete Horst Rudolph

INHALT

BARBARA SICHTERMANN

Krieg und Liebe – apropos Lysistrata

Ares, der Gott des Krieges

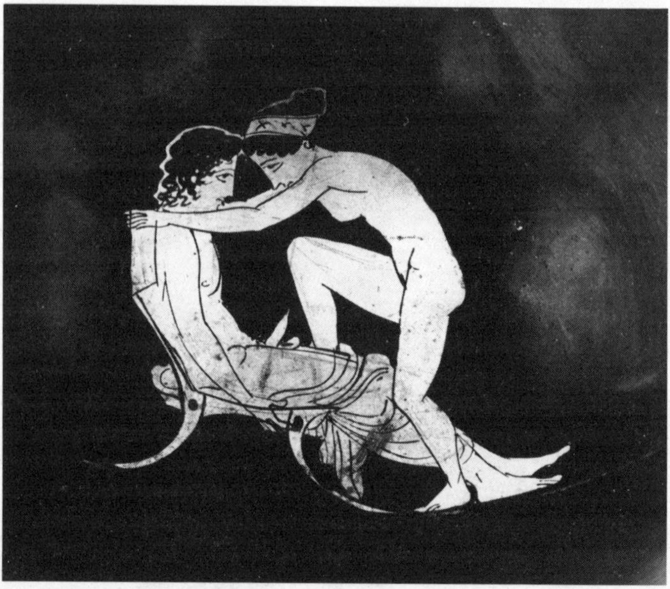

Junger Mann mit Hetäre

Make love, not war – das war der Wahlspruch der Hippies in den 60er Jahren. Vermutlich ist kein Slogan in den letzten zwei Jahrzehnten so berühmt geworden wie dieser. Er enthielt den halben Marcuse, vielleicht ein bißchen Freud und, frei interpretiert, den ganzen Jesus. Von Lenin hatte er gar nichts, auch nichts von Marx, deren Renaissance kam erst noch. Dafür atmete er den Geist des Blues und des Beat. Ja, und wie war es mit Aristophanes? Hatte er damit zu tun?

Man muß wohl sagen: weniger als es scheint. In der *Lysistrata* heißt es: ›war or love‹, und das ist eine andere Alternative. Während die Hippies auf eine Liebe verweisen, die nur darauf warte, gemacht zu werden und vom Krieg zu erlösen, der sie verdrängt habe, stellt Lysistrata die griechischen Krieger vor die Wahl, den Kampf fortzusetzen und auf die Liebe zu verzichten oder aber ihn um der Liebe willen aufzugeben. Das 20. Jahrhundert appelliert an die gesunde Alltagsmoral, der es unmittelbar einleuchtet, daß eine Umarmung besser ist als eine Wunde in der Brust, und die Antike appelliert an die Sinnlichkeit, die sonstwas mitmacht, wenn sie nur nicht verschmachten muß. Zwar ist das Ziel jeweils dasselbe: ›war‹ soll aus der Welt und ›love‹ soll in ihr sein. Im Amerika des Vietnamkriegs aber ist die Liebe das Höherwertige, dem der Einsichtige sich anstelle des schlechten Zerstörungswerks zuwende, im Athen des Peloponnesischen Krieges ist die Liebe der Lohn für den Entschluß, vom Krieg zu lassen, der moralische Unterton fehlt. Die Träume der Sänger und Dichter in beiden kriegführenden Ländern – modernes Amerika, antikes Griechenland – sind ähnlich, aber sie unterscheiden sich in wichtigen Nuancen. ›Make love, not war‹ ist ein missionarischer Spruch, er will Augen öffnen, überzeugen und bessern. Die Strategie der Frauen in der *Lysistrata*, ›war or love‹, setzt auf Druck. Macht euren Krieg, wenn ihr's nicht lassen könnt, sagen die Griechinnen zu ihren Männern, aber kommt dann nicht zu uns. Making war, you won't find any love. Die Blumenkinder beschwören, Lysistrata und ihre Mitstreiterinnen *drohen*.

Daß es den Leuten wie Schuppen von den Augen falle, daß sie aufhörten, einander zu schlagen und zu töten und sich stattdessen die Hände reichten, ja einander die Herzen öffneten, das ist gleichsam der pazifistische Ur-Traum, der, in der Vorstellung von Teilen der nicht-kriegerischen Population, der Frauen, der Priester, der Künstler, der Kinder, wahrscheinlich jeden Krieg begleitet hat. Wird er ausgesprochen oder gar in ein Programm, eine Losung übersetzt, so verfehlt er in seiner naiven Suggestion selten seine Wirkung. Alle Welt faßt sich an den Kopf: warum Krieg, wo es doch die Liebe gibt? Und sie fährt fort mit der Schlächterei.

Natürlich wissen auch der brutalste Killer, der geriebenste Kriegsgewinnler und der kälteste Machtpolitiker, daß sich eine Liebeserklärung schöner anhört als eine Kriegserklärung, sie kämen nur nicht auf die Idee, daß sich das eine durch das andere substituieren ließe. Da liegt denn auch der Irrtum des pazifistischen Ur-Traums: daß die Liebe den Krieg ersetzen, daß sie ihn, vermöge ihrer moralischen Überlegenheit und ihrer unmittelbareren Glücksverheißung, verdrängen könne. Mit der Leugnung der Erfahrungstatsache, daß Krieg und Liebe einander nicht ausschließen, daß sie sehr wohl koexistieren können, bzw. daß beide ihre Zeit haben, beweist diese Art der Friedenspropaganda ihre unangenehme Blauäugigkeit. Von Jesus bis zu den Hippies hat man denn auch Zusatzkräfte gebraucht, um die fragile Konstruktion von der Liebe als Überwinderin der Zwietracht vor dem Einsturz zu bewahren: für die Christen war es der Glauben (samt seiner späteren institutionellen Verlängerungen), für die Hippies der Rausch: der Unterschied ist nicht einmal so groß. Und wie war's in der Antike? Die Aristophanes'sche Variante des pazifistischen Ur-Traums vermeidet die Blauäugigkeit, hier geht es nicht darum, den Krieg durch Besinnung auf eine statt seiner mögliche Liebe zu beenden, sondern die Liebe für die Dauer des Krieges auszusetzen, um ihren Preis so hoch zu treiben, daß sie als Lohn für einen Friedensschluß in Frage komme. Statt mit Propaganda arbeitet Aristophanes mit Marktmechanismen, statt mit dem Appell an Verstand und Gewissen nach der Devise: ›Wer nicht hören will, muß fühlen‹. Das heißt, er unterstellt nicht Altruismus, sondern Egoismus, nicht Friedensfähigkeit aus Einsicht in die ethische Höherwertigkeit der Liebe, sondern Friedensbereitschaft aus sinnlicher Gier. Diese materialistische Sicht der menschlichen Natur entfernt seinen komödiantischen Friedenstraum aus dem Bereich der heroischen Vergeblichkeiten und macht ihn zu einer Spielerei mit realistischen Unwahrscheinlichkeiten. Wir können kaum damit rechnen, daß

Frauen sich tatsächlich verweigern, um Männern die Kriegslust auszutreiben bzw. daß, wenn Frauen doch zu so einer kollektiven Verweigerung sich entschlössen, Männer deswegen die Waffen senkten. Und dennoch gibt es genügend Beispiele für weibliche Konspiration und für männliche Abhängigkeit von der Liebe der Frauen, so daß die Utopie des Aristophanes valid erscheint. Was ihr insbesondere den für die dramatische Spannung so nötigen Realismus verleiht, ist der (für uns, die Leser/innen des 20. Jahrhunderts: wiederhergestellte) Zusammenhang von Krieg und Liebe.

Das materialistische Heidentum der Antike teilt mit dem spirituellen Heidentum der amerikanischen Subkultur den Wunsch und den Traum: daß Frieden und Liebesglück innerhalb der Grenzen dieser Erde möglich seien. Die christliche Liebessehnsucht weicht ins Jenseits aus und bleibt so letztlich verantwortungslos gegenüber den zeitgebundenen Folgen irdischen Leids. Hippies und Christen wieder eint ihr Manichäismus: wo Krieg ist, kann Liebe nicht sein und umgekehrt. Daß doch die Welt vom Krieg zur Liebe finde! Das illusionslose antike Heidentum schließlich fühlt die Verwandtschaft von Krieg und Liebe und spielt beide deshalb nicht prinzipiell gegeneinander aus. Die Liebe ist bei ihm nicht das große Heilmittel für die Krankheit Kriegslust, sondern der Lohn für den Verzicht auf deren Stillung, die Liebe ist nicht das ganz andere des Krieges, sondern sie ist ungefähr ebenso gut wie er. Krieg und Liebe vertreten einander im Tausch, sie sind Äquivalente und nicht, wie später im Christentum, als Frevel und Güte moralische Gegensätze oder – wie bei den Hippies – zeitlich/räumlich inkompatibel. Die christliche Welt arbeitet, Frieden wünschend, mit Tröstung, die nachchristliche mit Beschwörung, die antike mit Erpressung. ›Krieg oder Liebe‹ will, ähnlich wie das ›Geld oder Leben‹ des Wegelagerers, nicht sagen, daß man beides nicht haben könne. Sie, die Losung der Lysistrata, verlangt ein Opfer und verspricht dafür ein Zugeständnis. Auch die Erpressung ist eine Form des Handels; Lysistrata kauft den Männern den Krieg ab. Sie gesteht damit ein, daß es ein Verlangen nach ihm gebe. Und daß das Verlangen, das sich auf ihn richtet, von jenem anderen, dem nach Liebe, gar nicht so weit entfernt sei. Jedenfalls liegen bei Aristophanes keineswegs Welten zwischen beiden Begierden wie bei Jesus oder Bob Dylan.

Inzwischen sind die 60er Jahre Geschichte; wir haben in unseren 80ern eine eigene Friedensbewegung. Es geht sogar die Rede, noch nie habe in der BRD eine so breite Massenbewegung, quer durch alle Schichten und Generationen, so einmütig und inbrünstig ein Ziel verfolgt. Wie auch immer – worauf es hier ankommt: das Verhältnis von ›war‹ und ›love‹ ist heuer noch diffuser und noch heikler geworden als zu Zeiten des Vietnamkrieges. Von Liebe als von einer, die man im Sinne des amerikanischen Hedonismus ›machen‹ kann, ist keine Rede mehr. Das Heidnisch-Sinnenfrohe der Hippie-Zeit mit ihrer unartigen Neigung zur Droge hat christlich-nüchternen Einflüssen Platz gemacht: Liebe kommt nur noch im Sinn der Versöhnung vor. Unbestreitbar ist, daß sie diesen Sinn *hat*, aber dieser, der fromme Sinn, der die Christen beseelte und der den Hippies nicht gänzlich fernlag, war gleichwohl nicht ausschließlich gemeint bei jener Losung: ›make love ...‹. Es handelte sich hier auch um eine Aufforderung zur Unzucht. Zum schwierigen Erbe, das das christliche Abendland der Moderne verpaßt hat, gehört, daß es diesen *einen* allgemeinen Begriff für Philanthropie und Sex besaß: Liebe. Wie konnte sie nur, unsere Sprachkultur, die Andacht einer Betschwester und die einer Braut mit demselben Terminus belegen! Die Antike hat zwischen ἀγάπη und ἔρως klar unterschieden, da konnte es keine Verwechslungen und auch keine Verleugnungen geben. Und ihr Gott der Geschlechterliebe war ein *bewaffneter* Gott.

Wie wird der friedensbewegte Kader unserer Tage mit dieser Tatsache fertig? Er, der seinem Sprößling die Wasserpistole wegnimmt in der festen Überzeugung, hierdurch zur weltweiten Abrüstung beizutragen? Hat er schon Anstrengungen unternommen, um Eros zu entwaffnen? Er hat. Die Sanftheitswelle, die, als Gegenbewegung, auf dem Feld der Technik ihren Sinn hatte, erfaßte in den 70er und 80er Jahren die Geschlechterbeziehung und lieh, im Verein mit der Alternativkultur und Teilen der Frauenbewegung, dem erotischen Rencontre pazifistische Weihen. Verständnis wurde wichtiger als Spannung, Zärtlichkeit wichtiger als Befriedigung. Der kindliche Gott mußte Pfeil und Bogen rausrücken und erhielt stattdessen ein Tontäubchen zum Spielen. Erotische Symbole fehlen völlig in der neueren Friedenspropaganda. Wo anderthalb Jahrzehnte zuvor die rhythmische Eindeutigkeit der Rockmusik und die semantische Zweideutigkeit der Aufforderung zum ›love-in‹ nicht nur die Gemüter erregt hatten, zog man nun mit Schweigen, Fasten (für den

Frieden) und ›die-in‹ aus den Tempeln der Sinnenfreude in die Klostermauern der Askese um. Die weltzugewandte Tradition des Protests unterlag der puritanischen. In der BRD erleben säuerliche katholische Mahner wie Franz Alt Massenauflagen. Auf Friedensfesten werden Volkslieder gesungen und Reigen getanzt. Manche sprechen von einer erwartbaren Rückkehr volkstümlicher (kollektiver) Selbstdarstellungsformen, die der wachsende zeitliche Abstand zum Nationalsozialismus, welcher diese Formen einst desavouierte, allmählich wieder tragbar mache; aber das Phänomen der Trachten und Ringelreihen hat wohl weniger mit Fragen von (gebrochener) Tradition zu tun, als mit der zunehmenden Leugnung und Tabuierung der Verwandtschaft von Krieg und Liebe. Damit die Liebe nicht mit verdammt werden muß, wenn der Krieg verdammt wird, darf sie mit ihm nichts zu tun haben – die Liebe gehört ganz auf die Seite des Friedens, sie ist entweder christlich und somit ohnehin vom Satan abgegrenzt oder, sofern profan, doch wenigstens frei von jeder Verfänglichkeit, kein Schlitz im Rock sozusagen, dafür am kochfesten Sweatshirt einen Button mit der Aufschrift: ›Krieg – nein danke‹.

So erscheint die Entwicklung des Bewußtseins um Krieg und Liebe von Aristophanes bis heute als die einer sich radikalisierenden Leugnung der Nähe zwischen beiden, aber dieser Schluß wäre verfehlt. Längst vergangene bigotte Zeiten haben diesen Zusammenhang schon heftiger geleugnet als unsere heutige, und ältere weltzugewandte Epochen, in denen Natur- und so auch Menschenerforschung sich von kirchlich verordneten Denkhemmungen befreiten, mögen ähnlich klar gesehen haben wie der noch viel ältere antike Lustspieldichter. Beschränken wir uns darauf, zu konstatieren, daß derzeit sich ein öffentliches Klima herstellt, das wenig wissen will von Liebe zum Krieg und kriegerischen Inszenierungen der Liebe. Gründe dafür gibt es einleuchtende: ein Krieg, der heute ausbräche und an Waffen die wirksamsten auch einsetzte, wäre der letzte, er brächte die Menschheit um. Deshalb *muß* er geächtet werden – und mit ihm jeder Gedanke, der die Psychologie des Krieges und die der Liebe nachvollzieht und in Beziehung setzt. Nach dem Bindestrich begann der Fehler, vielleicht schon vorher? Sind, im Zeitalter des Rechts, Ächtungen wirksam? Verschlägt ein verbaler Bann? Ach, beim Krieg wohl nicht, hier bringen Geheimdienst, Diplomatie und ökonomisches Interesse immer noch besseren Nutzen, aber bei der Liebe ... Da richtet ein Bann zwar nicht alles zugrunde, aber doch einiges aus.

Die Scheuklappen, die die friedenssehnsüchtigen Massen daran hindern, zu sehen, daß die Liebe nicht (nur) friedlich ist, können den Geschlechtern da, wo sie sich aufeinander zugetrieben fühlen, manches verderben. Der pazifizierte Eros darf nicht mehr treffen, nur noch winken, nicht mehr verwunden, nur noch besänftigen. Mit den Schmerzen aber erspart uns die Liebe ihre Wonnen.

Welche Konsequenzen hätte es, die Militanz der Liebe und die Liebe zum Kampf, wenn nicht zum Krieg, zuzugestehen oder, sagen wir's vorsichtiger, beides als eine Art Arbeitshypothese gelten zu lassen? Da wir hier keine Anthropologie betreiben können und auf's Spekulieren und Kurzfassen angewiesen sind, dürfen wir vielleicht mit einer sehr subjektiven Äußerung antworten: die Annahme einer konstitutionellen und/oder psychischen Verknotung von Krieg und Liebe im menschlichen Fühlen und in der menschlichen Handlungsbereitschaft erzeugt ein ziemliches Unbehagen. Wer auch nur Reste von Menschen-Vertrauen in seiner Brust bewahrt hat, muß sich gegen diese Annahme zur Wehr setzen. Aber es spricht zu viel Erfahrung für sie, als daß wir sie leugnen dürften; vielleicht gibt es doch eine Möglichkeit, sie anzuerkennen, ohne daß ihre katastrophischen Implikationen durchschlügen. Wir wollen sehen.

In der Friedensbewegung sind die libidinösen Elemente der Aggression einem scharfen Tabu unterworfen worden, Beleg dafür sei der schon zitierte alternative Papa, der im Kinderladen die Entfernung von ›Waffen‹ aus der Spielzeugkiste fordert und sich dabei bedeutend fühlt. Tabu ist hier das passende Wort: die Angst vor der Einsicht, daß Zerstören und Töten Lust bereiten können, eine Einsicht, die der ›Friedensarbeit‹ von der moralischen Pose zu tatsächlicher praktischer und gedanklicher *Arbeit* erst verholfen hätte, war offenbar zu groß. Daß die Libido als sexuelle Energie im Sinne Freuds mit aggressiven Impulsen geladen ist, das war, als Tatsache und Problem, vorher schon von Teilen der Frauenbewegung in's Undenkbare verwiesen, gleichfalls also tabuiert worden. Damit hatte man/frau die Liebe zahnlos und den Krieg triebfrei gemacht; in einer so gereinigten und simplifizierten Welt ließ es sich dann mit Leichtigkeit gut sein: ›Krieg, nein danke‹, ›Liebe, ja bitte‹.

Wir setzen nun dagegen, daß, vereinfacht ausgedrückt, das eine nicht immer ohne das andere zu haben, bzw. daß menschliche Destruktionskraft tatsächlich eine Kraft sei, daß sie also nach Äußerung strebe und daß ihre Äußerung dem Subjekt wohltun könne, wie umgekehrt die konstruktiven Produktionskräfte der Liebe durchsetzt seien mit aggressiven Widerhaken. Nicht nur der Krieg macht Angst, auch die Liebe. Nicht nur nach der Liebe gibt es eine ewige Sehnsucht, auch nach dem Krieg. Was letzteren Punkt betrifft, so scheinen die Geschlechter sich zu unterscheiden, Kampflust als körperliche, auf Tod und Leben womöglich, kommt bei Frauen selten, bei Männern häufig vor. Lassen wir dahingestellt sein, wo die Gründe dafür liegen. Was hier interessiert ist der *Preis des Friedens*. Müssen wir jegliche Aggression (im engeren Sinn) unterdrücken und sanktionieren, wie es die Friedensbewegung nahelegt, um dann der tödlichen wenigstens nicht zu erliegen, oder gäbe es einen anderen Weg: Eros als Schützen zu bestätigen und gleichwohl den (apokalyptischen) Waffengang im großen zu vermeiden? Schlagen wir nach bei Aristophanes, in der *Lysistrata* finden sich Hinweise auf einen solchen Weg.

Vorweg eine Zwischenbemerkung zur Vermeidung von Mißverständnissen: der ›Zusammenhang von Krieg und Liebe‹ ist ein sehr allgemeiner, im besonderen Fall sind Ähnlichkeiten nur über komplizierte Vermittlungen erkennbar. Um eine Liebe zu verstehen, braucht es ganz andere Ahnungen und Kenntnisse als zum Verständnis eines Kriegs; und irrig wäre es auch, von einem Automatismus wechselseitiger Abhängigkeiten auszugehen – als gäbe es keinen Krieg ohne Liebe zu ihm und keine Liebe ohne Haß auf sie. Und daß es zu nichts führte, Kriege gar psychologisch, aus einem menschlichen Hang zum Niederreißen erschöpfend erklären zu wollen, daß das geschichtliche Leben der Nationen und Staaten seinen eigenen Platz im Begründungszusammenhang der Kriegsanalyse zu beanspruchen habe, daß auch zur Liebe nicht nur die Libido, sondern ebensowohl Sitte und Herkommen antrieben, das sei nun noch einmal unterstrichen. Obwohl aber das ›Kriegerische‹ in der Liebe etwas anderes ist als die Wehrkraft und obwohl die libidinöse Energie, mit der der Soldat sein Geschütz in Stellung bringt, von anderer Art ist als die erotische, wäre es doch auch wieder falsch, Zuflüsse zwischen beiden Energie-Kanälen ganz zu leugnen. Krieg und Liebe sind durchaus zweierlei, über weite Strecken ihrer jeweiligen Entwicklungswege sind sie gänzlich unabhängig voneinander. Aber es gibt Kreuzungen zwischen beiden Phänomenen, an denen es schwer zu sagen ist, wer wen beeinflußt, Orte, an denen es zu Ansteckungen, Vermischungen, ja Identitäten kommt.

Die *Lysistrata* des Aristophanes beschreibt einen Kampf, insofern ist dieses Friedensstück ziemlich militant. Es gibt sehr wenig Kontemplation, auch sonst keine Fermaten in dieser Komödie; in scharfem Tempo geht es, vom ersten bis zum letzten Auftritt, um Strategie und Taktik und um deren praktische Umsetzung. Der Kampf, der da gezeigt wird, hat mit einer wie immer gestaltbaren Urfehde der Geschlechter wenig zu tun; es handelt sich hier um eine Ausnahmesituation. Die Frauen wollen, daß ihre Männer vom Kriege lassen. Sie tun sich zusammen und beschließen einen Streik im Bett, aber dabei bleibt es nicht. Die Rebellinnen besetzen die Akropolis und beschlagnahmen die Kriegskasse. Der ›harte Kern‹ der Besatzerinnen-Truppe entzieht sich gänzlich der Familie, bleibt auf der Stadtburg und überläßt Kinder, Vieh und Haus den überforderten und verzweifelnden Männern. Auch physische Stärke beweisen die Frauen: Als die alten (nicht im Feld oder sonst zwischen den Fronten befindlichen) Männer versuchen, die Besatzerinnen auszuräuchern, ergeht es ihnen übel, bekommen sie das antagonistische Element zu spüren: die Partisaninnen des Friedens schwemmen die Großmäuler mit Wasserwerfern (in der Antike: Eimerkette) von der Anhöhe. Und sie setzen nach mit Schlägen, Tritten, Bissen, Stichen.

LYSISTRATA Kommt vorwärts, all ihr Schwestern!
Ihr Eierhändlerinnen, Fischfraun, Knoblauchmädchen,
Ihr Schneiderinnen mit der Schere! Alle!
Kommt: Plagt sie, schlagt sie, jagt sie, reißt sie, beißt sie!
Schmeißt sie zurück, zeigt, was ihr seid!
(Handgemenge)
Genug! Zurück da! Fleddert nicht die Leichen!

Aggression wird bei Aristophanes nicht abgewehrt, sondern eingesetzt. Der Feind wird nicht lediglich eines Besseren belehrt, noch durch Verzeihung entwaffnet, er wird geschlagen. Erbarmungslos exekutieren die Friedensfrauen an ihren Männern die Logik des Krieges. Sie beginnen mit einem Überfall, sie verteidigen die besetzte Burg mit allen Mitteln, sie arbeiten mit Drohungen und Beleidigungen, sie hungern den Gegner schließlich aus und bieten, als sie annehmen dürfen, daß sie mit ihren Forderungen durchdringen werden, Verhandlungen an. Keiner dieser Akte ist symbolisch, die Güsse, die die alten Männer abkriegen, sind echt, ebenso die Püffe, Bisse, Stiche, die Würfe mit Eiern und Fischköpfen, die harten Worte, die bösen Injurien, die Schläge unter die Gürtellinie. Und die Zwangslagen, in die die verheirateten Krieger geraten, die nun, statt ins Feld auszurücken, mit heulenden Babies ins Bett gehen müssen, sind genauso real. Das gesamte männliche Griechenland steckt in der Klemme – und muß klein beigeben. Der Frieden ist ein erkämpfter, er ist kein Geschenk und keine Gnade.

Es wäre nicht richtig, zu sagen, daß Lysistrata und die Ihren die Männer bekämpfen. Sie bekämpfen die Kriegslüsternheit. Sie rotten diese Lüsternheit auch nicht für alle Zeiten aus: sie schließen einen Vertrag mit den Männern und sorgen dann dafür, daß die Männer ihrerseits ihren Zwist auf dem Vertragswege beilegen. Verträge bringen keine ewige Wende, sie gelten nur auf Zeit. Aber Zeit, die für den Frieden gewonnen ist, ist erfüllte Zeit.

Tanzet, o tanzet vor Freude
Unter dem Segen
Der Göttinnen und Götter
Des Lebens, der Freude, der Liebe und Fruchtbarkeit!
Bacchus, du trunkener Gott des Festes, komme
Zu uns im Schwarm deines liebestollen Gefolges!
Zeus, komm zu uns in deinem Gewande aus Donner,
Mit deiner Tochter, der Schützerin dieser Stadt:
Pallas Athene!
Wir rufen euch, heilige Zeugen
Des Friedens, den wir hier feiern,
Des Friedens, den die Sehnsucht nach Liebe gebracht hat.
Preiset die Götter und Menschen, die lieben und die
Schön machen das Leben auf dem Stadtberg Athens und in Theben,
In Korinth und in Sparta am Ufer des Flusses Eurotas!

Der Preis des Friedens ist in der *Lysistrata* selbst wieder ein Kampf – er ist nicht das Tabu, nicht der Bann, nicht (nur) das Opfer. Der Frieden wird mit Handgreiflichkeiten, List und Druck erstritten, er wird gewissermaßen erbeutet. Dieses antike Modell scheint durch die Geschichte als einzig tüchtiges ausgewiesen: die Kriegslüsternheit und die mit ihr verwandten Furien wie Habsucht, Größenwahn und Destruktionsraserei sind der Aufklärung und auch der spirituellen Paralyse durch die Macht der Religion nur begrenzt zugänglich, sie brauchen die Drohung, den Druck und die Intelligenz der Diplomatie, um in Schach und in der Latenz gehalten zu werden, brauchen die aufgeklärte Waffe, die den Waffen der Aufklärung insoweit das Feld überläßt, als sie das Eigeninteresse der Kontrahenten auf die möglichen Arrangements ausrichtet. Frieden, könnte man in aller Kürze sagen, kostet immer Kampf und Mühe, jeden Tag, er kommt nicht dadurch zustande, daß die Leute ihr Herz entdecken, er wird nicht dadurch stabiler, daß sie ihre Kampflust tabuieren. Er braucht andere Kräfte als Beschwörung und Bann, er braucht den Mut zur Offensive und die Klugheit der Balance. Beides besitzt Lysistrata, die Heeresauflöserin. Sie kann nur siegen, weil sie ein Druckmittel hat, genauer gesagt: mehr als eines. Die Frauen halten ihren Schoß zurück – und den Schatz. Und es gelingt ihnen, den Frieden zu erobern, weil sie schlichten können.

CHORFÜHRER *(zu Lysistrata, die heraustritt)*
Gegrüßet seist du, Lysistrata, Frau ohnegleichen!
Aller Sinnen ist auf dich gerichtet, du siehst es an vielen Zeichen.
Alles, was du gewollt hast, wirst du nun erreichen! –
TEILE DES CHORS Sei unnachgiebig, sei streng, sei barmherzig, sei klug,
Verlange von allen viel, oder wenig, nichts ist genug:
CHORFÜHRER Denn du hältst die führenden Staatsmänner aus diesem ganzen Land
In deiner schönen, zarten, starken, entzückenden Hand.
Sieh uns nur an, und du siehst, es ist höchste Zeit;
Schlichte du nun für immer unseren Streit.

Auch die (›gewaltfreien‹) Demonstranten und Blockierer von heute, viele Frauen übrigens unter ihnen, *kämpfen* für den Frieden. Sie handeln sich Blessuren und Prozesse ein, sie beweisen Kühnheit. Der Unterschied zu Aristophanes bzw. Lysistrata und ihrer Truppe liegt darin, daß der zeitgenössische Friedenskampf sich in dem Paradox seiner Existenz windet, weil er eigentlich keinen Kampf zulassen kann, weil er Aggression verabscheut und bannt. Sicher gibt es sehr verschiedene Strömungen im internationalen Peace-Movement, Greenpeace z. B. ist eine offen militante Gruppierung, deren zivilcouragierter Einsatz mit dem regelverletzenden Übergriff spielt. Die bundesdeutsche Friedensbewegung jedoch hat sich in ihrem Horror vor der Militanz weitgehend auf symbolische Protestformen beschränkt. Rituale, die sich sonst im gesellschaftlichen Leben als unwillkürliche Nebenprodukte nicht-ritueller, zielgerichteter, situationsbezogener Handlungen herstellen, werden bewußt konstruiert, ihr Vollzug ersetzt das, was früher mal ›konkrete Aktion‹ hieß. Symbole und symbolische Handlungen gewinnen eine übermächtige Bedeutung bis hin zu einer Wiederkehr magischen Denkens: so glaubten Privatleute, durch Hungern zur Abrüstung beitragen zu können. So übten Friedensfreunde eigens in Camps das Hinhalten der anderen Wange. – Auch in Lysistratas Kampf gibt es ein autoaggressives Moment: die Frauen enthalten ja selbst sich durch ihre Liebesverweigerung etwas vor. Die Logik des Krieges schlägt auch auf sie zurück: Making war, they won't find any love. Aber sie nehmen diese Selbstschädigung schweren Herzens in Kauf, sie weihen sich ihr nicht, sie demonstrieren sie nicht, sie wissen im Gegenteil, daß dieser Punkt die Achillesferse ihres ganzen Unternehmens ist. In einer ausdrucksstarken Szene ruft Lysistrata ihre liebeshungrige Schar zur Disziplin:

LYSISTRATA Der Frauen lüsterne Natur und schamlos Treiben
Betrübt mein Herz, das treibt mich ruhlos hin und her. (...)
CHORFÜHRERIN So sag uns, welches Übel hat uns da ereilt?
LYSISTRATA Na, kurz gesagt: Die Fraun sind alle mannstoll!
FRAUENCHOR Oh Zeus, oh Zeus, oh Zeus!
LYSISTRATA Was ruft ihr Zeus? So ist es nun einmal.
Ich kann sie gar nicht mehr beisammenhalten:
Die Biester schlüpfen fort zu ihren Männern
Oder zu ihren Liebsten: Eine fand ich
Die bohrte grad ein Loch sich durch den Boden.
Die zweite wollt hinabklettern am Seil,
Die dritte desertierte auf Patrouille,
Und eine vierte zog ich gestern grad noch
Am Haar zurück: Sie wollte wie die Spatzen
Über die Mauer: Lauter flügge Vöglein!
Was die nicht alles tun, um wegzukommen!
Da, wieder eine! – du, wohin?
FRAU Nur schnell nach Haus:
Ich hab feinste milesische Wolle zu Haus vergessen.
Die fressen mir die Motten.
LYSISTRATA Du kriegst selbst die Motten!
Läufst du uns weg?
FRAU Gott, gleich komm ich ja wieder.
Ich möcht nur ausbreiten ... auf meinem Bett ...
LYSISTRATA Ausbreiten auf dem Bett? Nein, hiergeblieben!
FRAU Und meine Wolle?
LYSISTRATA Die zupf dir selber aus!

Der Frieden soll nicht durch ein Opfer verdient, er soll durch den Einsatz aggressiver Energien erarbeitet, ›gemacht‹ werden. Make peace for love's sake.

Es ist die Selbstverständlichkeit, mit der eine lustvolle Aggressivität bis hin zur Kriegslüsternheit eingestanden, ja vorausgesetzt wird, die der antiken Friedensbewegung ihren größeren Realismus und ihre überlegene Vernunft verleiht. Mit den christlichen Instituten der Sünde und der Vergebung verlor die Angriffslust ihre Unmittelbarkeit und ihre Naivität, damit wurden auch die Anstrengungen, die unternommen werden müssen, um die bösen Triebe zu bannen, indirekter; die Rache war nun des Herrn, und das Gutsein fing mit der schmerzvollen Unterdrückung aggressiver Impulse an. Die von Aufklärung und Fortschritt erschöpfte Friedenssehnsucht von heute greift auf Magie und Mythos zurück, um sich vom Schrecken eines möglichen letzten Krieges in einer Massen-Selbsthypnose zu befreien: der Krieg wird zum Bösen, der Friede zum Guten und die Rüstung zum weltweiten Menetekel: ›Gezählt, gewogen und für böse befunden‹! Tendenziell fällt unter dieses Verdikt *jegliche Aggression* – zum Schaden des Friedens, der – siehe *Lysistrata* – die Offensive, und zum Schaden auch der Liebe, deren Gott seine Waffe braucht.

Gewiß, sie ist beunruhigend, die Annahme eines Zusammenhangs zwischen Krieg und Liebe oder, allgemeiner gesprochen, die einer Verbindung zwischen den destruktiven und den konstruktiven Kräften und Bedürfnissen der Menschen. Wo immer wir beides rein scheiden können, ist uns wohler zumut, aber wir bezahlen dieses Wohlsein mit einer gewaltigen Verleugnung, in deren Schatten sich die tabuierten Verbindungen umso enger herstellen. Wird das Skandalon nach der einen Seite, der, die ›Liebe zum Krieg‹ heißt, ausgesprochen und zugestanden, dann kann es bzw. kann sie, die Destruktionsneigung, vielleicht wirksam begrenzt, konterkariert, stillgestellt werden. Wird ihre Existenz bestritten, dann kann man nur noch projizieren: alles Böse in ein moralisches Abseits, das Feind oder Krieg heißt. Mit in diesem Abseits landen aber dann auch die einzig wirksamen Mittel, welche den Frieden ›machen‹: vorsichtiger Druck, Kontrolle, Balance, Verhandlung, Vertrag. Und da sich die Berührung mit dem Bösen verbietet, entfällt auch das Arrangement. Die Selbstgerechtigkeit ist es, die die Stelle der Vernunft einnimmt. Die Vernunft, und zwar in ihrer listig-kalkulierenden, ihrer Händler- und Wechsler-Spielart, ist für den Frieden so wichtig wie sonst nur der eine oder andere materielle Trumpf. Weicht sie der moralischen Prätention oder irgendeiner anderen Form von Sendungsbewußtsein, *dann* gibt es Grund, um den Frieden zu fürchten.

Lysistrata und die Ihren haben den Krieg satt, und die Autorität, ihn zu beenden, beanspruchen sie als Außenstehende, als Betrachtende, als diejenigen, die Zeit genug hatten, über die Dinge nachzudenken, als Nicht-Beteiligte, die die Chance hatten, zur Vernunft zu kommen.

LYSISTRATA Den ganzen Krieg hindurch,
Den ganzen langen Krieg lang haben wir,
Geduldig und vernünftig, wie wir Frauen sind,
Ertragen jeden Unsinn von euch Männern.
Wir mucksten nicht einmal, obwohls uns nicht gefiel.
Wir kannten euch zu gut und hatten oft gehört,
Wie dumm ihr spracht von ganz entscheidenden Dingen.
(...)
Da haben nun zuletzt wir Frauen uns versammelt
Und uns entschlossen, Griechenland zu retten.
Wir warten nicht mehr: Jetzt hört ihr auf uns!
Wir sprechen jetzt, und ihr habt so zu schweigen
Wie bisher wir. Und wir sehn nach dem Rechten.

Aber die Autorität allein hätte nichts genützt, wären da nicht noch die beiden schon erwähnten Druckmittel; mit diesen drei Trümpfen aber, der überlegenen Vernunft, der sexuellen und der materiellen Erpressung, gewinnt Lysistrata. Ihr ist der ›Zusammenhang von Krieg und Liebe‹ niemals zweifelhaft, d. h. sie geht davon aus, daß die Männer in den Krieg nicht nur getrieben werden müssen, daß es sie auch hineinzieht. Aber so deutlich eine Verbindung zwischen den Triebkräften des ἔρως und des πόλεμος auch sein mag, so schlecht vertragen sich dann doch, was Raum, Zeit und Gelegenheit betrifft, Krieg und Liebe als zwei Formen der Begegnung. Wo Krieg herrscht, kommt die Liebe zu kurz. Lysistratas erstes Motiv, den Krieg zu beenden, war dann wohl auch: der Männermangel, bzw.: Geilheit – im ursprünglichen Sinn dieses Wortes, der ein ›Ins-Leere-Schießen des Triebes‹ meint.

LYSISTRATA Sehnt ihr euch alle nicht
Nach eurer Kinder Vätern, die im Felde sind?
Von euch hat keine doch mehr ihren Mann zuhaus?
KALONIKE Fünf Monat' ist mein armer Mann in Thrakien schon.
LYSISTRATA Der meine steht schon sieben Monat' an der Front.
LAMPITO Und meiner! – Kaum is der vom Lager wieder z'haus,
Glei packt er seinen Sack und is schon wieder fort!
LYSISTRATA Auch alle Liebhaber sind einfach weggeblasen!
Und seit Milet nur noch den Feind beliefert, gibts auch nicht
Die Lederdinger zum Ersatz, die helfen könnten

Uns Fraun! – Und darum, wenn ich wirklich einen Weg
Zum Frieden find aus diesem Krieg, – steht ihr mir bei?

Das Skandalon, nach seiner zweiten Seite hin benannt und zugestanden, hieße: Liebe als Krieg oder – modern – Sexualität als Form von Aggression. Auch hierbei ist es einem nicht ganz wohl, auch hier hätte man gern eine reinliche Unterscheidung: in Schmerz und Lust, in Krach und Wonne. Aber die ist nicht zu haben. Ganz wie beim Krieg zwischen den Städten oder Völkern gibt es auch in der Sexualität zwischen Männern und Frauen nur die Vernunft, diesmal in ihrer einfühlend-vermittelnden Spielart, die die destruktiven Anteile der Geschlechterbegegnung abfangen, neutralisieren oder sonstwie unschädlich machen kann. Ihr Wirken hält die Familien beieinander und verhilft Liebespaaren zum Überleben in der Welt der Pflichten. Ihr Versagen sprengt Ehen und liefert Liebende ihrer Passion aus – wobei in beiden Fällen eine Eskalation bis hin zum Mord möglich ist. Liebe als Krieg ist – wie übrigens auch die Liebe zum Krieg – ein uraltes Motiv der Künste; die Antike hat es freimütig durchgespielt, das Christentum hat es auf den Index gesetzt, die poètes maudits haben es zurückgeholt, und die Spät- oder Postmoderne ist dabei, es zugunsten der Partnerschaft abzuschaffen. Natürlich wittert frau in dieser Abschaffung ein neues Tabu; sicher mit Recht, aspekteweise wenigstens. Es soll aber auch zugestanden sein, daß sich in der modernen Konzeption von Partnerschaft ein Stück jener Vernunft verwirklicht, die den Krieg, wenn er in der Liebe zu viel Platz beansprucht, an den Rand drängt. Auch kommt es ja vor, daß Eros mit vergifteten Pfeilen schießt; da ist sie dann zur Rettung des Opfers erfordert, die Vernunft der Partnerschaft oder: des Sich-Verständigens. Aber ein bißchen Leidenschaft sollte doch übrig bleiben, damit die Vernunft noch etwas anderes zu tun hat, als sich selbst zu inszenieren. Der Krieg in der Liebe wird heute von einer Allianz aus Friedens-, Frauen- und Alternativbewegung so heftig abgewehrt, verleugnet, unterdrückt oder verdammt, daß mit Lysistrata daran erinnert werden muß, wie zuträglich er der Liebe – und dem Frieden – sein kann.

In der *Lysistrata* kommt die Liebe selbst nicht vor – die Handlung wird, wie gesagt, vom fälligen Kampf um den Frieden bestritten. Aber eine schöne Verführungsszene hat Aristophanes doch eingebaut – die endet allerdings nicht in einer Umarmung, sondern in der entscheidenden Enttäuschung, welche den ersten Mann zum Einlenken veranlaßt. Myrrhine verführt ihren Gatten Kinesias, der gekommen ist, sie heimzuholen. Sie posiert, sie rüstet das Bett, sie streckt und dehnt die Zeit bis zum erwarteten Beginn des Aktes, und dann verschwindet sie in Erfüllung ihres Schwurs: keine Liebe mit Männern, solange der Krieg dauert. Der Kuß als Taktik, die Verführung als Strategie, die Erregung als Mittel zum Zweck des Friedens. Kinesias zürnt erst, doch dann besinnt er sich: »Die Frauen haben recht, das seh ich jetzt«, und er stürzt fort, um für die neue Politik des Friedens zu werben. Sein Beispiel macht Schule. »*Ein zweiter Mann*: Ja, sprecht mit ihm; doch denk und fühl ich schon wie er: Soviel der Krieg uns galt, die Liebe gilt viel mehr.« Die vorenthaltene Liebe, deren Folgen, am armen Kinesias demonstriert, die Männer schließlich zum Nachgeben bewegen, ist dem gesamten Stück wie eine ostinate Melodie unterlegt, etwas Peinigendes geht von ihr aus. Insofern stimmt es doch nicht, daß in der *Lysistrata* die Liebe selbst nicht vorkomme: als Pfand, um das der Kampf geht, als Mangel, an dem sämtliche dramatis personae leiden, ist sie stets gegenwärtig. Der Krieg beherrscht das Tun der Männer, die Liebe ihr Trachten: der Krieg hat es eh erschwert, daß sie mit ihren Frauen zusammenkämen, jetzt erschweren (bzw. verunmöglichen) es die Frauen noch einmal. Zum Frontverlauf zwischen den griechischen Städten addiert sich ein zweiter, der zwischen den Geschlechtern. Statt der Liebe gibt es einen doppelten Krieg, aber die Liebe winkt als Lohn für die Beilegung beider Zwiste. Das (noch nicht gesungene) Liebeslied und der (bald nicht mehr angestimmte) Kriegsmarsch fließen ineinander zur Musik der *Lysistrata*. Liebe kommt als Mangel vor und Krieg als Überfluß, und so führen Liebessehnsucht und Kriegsüberdruß zum guten Ende. Die Liebe findet im Frieden eine bessere Voraussetzung, sie braucht die ungeteilte Aufmerksamkeit von Männern und von Frauen, sie koexistiert schlecht mit Waffengeklirr und Todesangst. Aber das bedeutet nicht, daß sie selbst friedlich wäre. Eher ist sie der Krieg im Frieden. In der *Lysistrata* ist sie – bzw. ihr schreiendes Fehlen – der Krieg für den Frieden.

Prägnantesten Ausdruck findet bei Aristophanes das ›Krieg-in-der-Liebe‹-Motiv durch die Sex-Metaphorik, die fast immer zugleich Kriegs-Metaphorik ist. Als die aufgebrachten Männer die Akropolis zurückerobern wollen und mit Brechstangen auf das Tor losmarschieren, heißt es im Text:

(Das Tor geht von selbst auf. Lysistrata, Kalonike, Myrrhine kommen.)

LYSISTRATA Spart euch die Mühe!
Ich komm schon selbst heraus. Ihr braucht nicht Stangen,
Ihr braucht Verstand!

RATSHERR Wirklich, du Schandweib! He, du, mein Beamter! – Die
Nimm fest! Die Hände bind ihr auf den Rücken! – Los!

LYSISTRATA Wenn der nur einen Finger gegen mich erhebt,
Dann hat bei ihm sich was zum letzten Mal erhoben!

Und als die Frauen mit Worten, Wassereimern, Zähnen und Fäusten auf die Männer losgehen, zetert der Chor:

CHORFÜHRER Das ist doch eine Frechheit, in der Tat!
Und immer ärger treiben sie es noch!
Kein Mann, der noch ein Mann ist, duldet das!
Herunter mit den Kleidern! Männer, zeigt, daß ihr
Noch ganze Männer seid, und macht euch frei zum Kampf:
Denn unbeengt vom Scheitel bis zur Sohle sei der Mann!

MÄNNERCHOR Bedenkt, wie wir
Einst Kampfgenossen waren
Im großen Freiheitskrieg
In jungen Jahren!
Und nun ists Zeit:
Nun müssen wir in Schwung sein!
Werft ab des Alters Kleid!
Wir müssen wieder jung sein!

CHORFÜHRER Gibt man den Weibern nen Finger: Sie packen die ganze Hand.
In unseren männlichen Kämpfen halten sie uns bald stand.
Die baun noch Schiffe und segeln und tränken es uns bald ein.
Wenn die aufs Roß erst kommen, wer möcht noch Reiter sein?
Am besten, wir binden sie an,
Ihr Größenwahn wird sonst zu groß.
Ein tüchtiger Mann, der steckt dann
Ihnen doch noch Vernunft in den Schoß.

Auf die Drohung der Vergewaltigung reagieren die Frauen mit der Gegenoffensive: sie entblößen sich ebenfalls, und sie kündigen ihrerseits physische Gewalt an.

CHOR DER FRAUEN Greif nur ein Mann mich jetzt an, der hat
Zum letzten Mal sein Gemüse gegessen.

Das Spiel mit der sexuellen Attacke und die wechselseitige Androhung fürchterlicher Prügel gehen ineinander auf; Eros hat sich gewissermaßen eine Lanze zugelegt oder: Ares versucht es mal mit dem Bogen des Kindgottes. Beide Götter rücken durch diese Grenzgängerei von ihrem wahren Charakter ab, aber man kann auch wieder nicht behaupten, sie seien nicht mehr wiederzuerkennen. Sie gehen eine Koalition ein. Dadurch verändern sie, vorübergehend, ihr Wesen. Aber sie erreichen auch mehr. Die Liebe hat plötzlich in der Politik was zu sagen, und der Krieg dringt in die Geschlechterbeziehung ein. Ganz Griechenland, seine Politik und sein privates Leben, werden auf den Kopf gestellt. Nach dieser Kur kommt der Frieden.

Der Schlägerei auf der Akropolis steht jene Szene gegenüber, in der Myrrhine ihren Mann in Wallung bringt und dann stehen läßt – wodurch der Frieden einen ersten männlichen Vorkämpfer erhält. Myrrhines Verweigerung – nachdem sie zuerst äußerste Bereitwilligkeit bekundet hat – ist eine ›Kriegshandlung‹ im Rahmen des Frauenkampfes: so war es abgesprochen, so hatte frau geschworen.

LYSISTRATA Wir sitzen da,
Zuhaus, ganz schön gemacht, im durchsichtigen Kleid,
Geschminkt, so gut wie nackt. Da machen wir sie scharf.
Und dann, wenn's so weit ist, da machen wir nicht mit.

Aber dieses Stück ›Krieg‹ sieht doch auch wieder Eros ähnlich – obwohl der hier sein klassisches Werk nicht vollbringt, schließlich bleibt Myrrhine aus, die Umarmung entfällt.

KINESIAS Verdammt! Jetzt ist sie weg!
Betrogen hat sie mich und stehen lassen. –
Die schönste Frau der Welt! – Was tu ich nur?

Kein Sieg für Eros also, sondern einer für Ares, für die Partisaninnen. Und doch auch wieder einer für die Liebe. Und für den Frieden.

KINESIAS Ich stimme jetzt für Frieden und Myrrhine,
Die süßeste, die hinreißendste Frau!

Der Kampf der Frauen für den Frieden schließt ebenso selbstverständlich erotische Mittel ein wie die Vergeltungsphantasien der Männer sexualisierte Formen finden. Die ›Macht der Liebe‹ wird für den Friedenskampf ausgenutzt, und die Gewalt des Krieges kehrt im sexualisierten Racheakt wieder. Eine solche Vermischung von Kriegs- und Liebesmotiven wirkt heutzutage auf viele abstoßend, und doch hat sie die wirklichen Verhältnisse auf ihrer Seite, immer wieder stellen diese obszönen Vermengungen sich real her. Nicht nur der Mensch, auch Eros und Ares sind ›nicht dicht‹ im Bloch'schen Doppelsinn, sie sind oder sie machen verrückt und sie haben offene oder plastische Zonen, mittels derer sie sich einander anverwandeln. –

Die *Lysistrata* von Aristophanes ist ein Friedensstück und zugleich ein Zeugnis für die Nähe von Kampf und Lust; weder wird die Kampflust herabgesetzt, noch wird verschwiegen, daß (sexuelle) Lust sich gern einem Kampf verdankt. Natürlich handelt es sich bei letzterem ›Kampf‹ um eine zivile Ausgabe, aber das bedeutet nicht, daß er nicht ernst zu nehmen sei. Der Frieden, als ein stabiles Bett für die Liebe, ist nicht dasselbe wie Harmonie. Daß die Geschlechter einander bei aller Konvergenz der Interessen (an Frieden, Liebe usw.) auch fremd, auch gegnerisch bleiben, das macht Aristophanes deutlich genug. Inniges Verständnis finden die Frauen untereinander und die Männer miteinander; wo Mann und Weib sich treffen, ist zwar (Ver)-Einigung möglich, eine von Mißtrauen und Spottlust durchmischte Neugier aber die gleichsam natürliche Grundeinstellung. Die Sexualität ist weniger die Überwindung des Gegensatzes als sein Genuß. Für einen gesteigerten Genuß ist ein schärfer herausgearbeiteter Gegensatz Bedingung. Am Schluß des Stücks weiß alle Welt, was jetzt angesagt ist; die ganze Bühne ist eine einzige Bereitschaft, eine einzige Erektion. Diese Erregung ist die Folge eines Ringens zwischen Griechinnen und Griechen. Make war for love's sake.

Bei Aristophanes sind beide Geschlechter militant, die Frauen stehen den Männern in nichts nach, sie zeigen sich ungezügelt, grob und schlagfertig. Eher drohen die Männer, erschöpft vom Zwei-Fronten-Krieg, ab und an ein wenig unter das von den Frauen vorgegebene Aggressionsniveau abzufallen. Der für die *Lysistrata* typischen Sex-Kriegs-Metaphorik befleißigen sich ebenfalls beide Geschlechter, hier aber sind es die Männer, die ihre Aggression unmittelbarer und offener darstellen. Ihre Rache an der Rebellin Myrrhine stellen sie sich z. B. so vor:

CHOR DER MÄNNER O Zeus, Gottvater der Männer!
Packe sie!
Reiß sie von unten hoch,
Wie der Wirbelwind!
Drehe sie um und um
Unter Blitzen und Donner!
Dann aber laß sie fallen
Aus allen Wolken
Herab auf die Spitze
Unseres alten
Knorrigen
Stammbaums!

Die sexuelle Aggression der Frauen äußert sich indirekter, sie besteht im Zappeln-Lassen, d. h. im Unmöglich-Machen des Vollzugs nach vorheriger gehöriger Erregung, in einer Art gezielter ›Vergeilung‹ der männlichen Triebe. Die Möglichkeit für Frauen, Männer sexuell zu quälen, liegt in der Frustrierung. Diese Möglichkeit kollektiv umzusetzen: darauf basiert die Friedensstrategie der Lysistrata. Die offene Anspielung zielt immer auf den Mann und sein ›Ding‹ – bedrohend, auslachend, verlangend.

LAMPITO Lysistrata, du müßtest die nur sehn jetzt!
Unsere Mannsbilder in Sparta alle:
Die Speere ham sie alle aufgerichtet,
Nicht für den Krieg, nein, ganz im Gegenteil …
Und was sie hoffen, ist was *wir* auch hoffen.

Vielleicht bleibt es der Komödie vorbehalten, Krieg und Liebe gemeinsam zum Thema zu machen – wobei der Witz der Sache darin besteht, daß die Gemeinsamkeit beider Begegnungsformen weder willkürlich noch zufällig zustandekommt. Die Weisheit des Lustspiels nimmt den Zusammenhang wahr, stellt ihn dar und beutet ihn aus. Heutzutage verläßt sich vorwiegend das Kino, die populärste Kunstform, auf diesen alten, heiklen, erregenden Konnex: die Liebe ist auf der Leinwand stets eine Geburt des Grabenkriegs zwischen Nationen, Stämmen, sozialen Klassen, Familien, Gangs oder Einzelkämpfern, und die Lüsternheit, die sich auf den Krieg wirft, leugnet selten ihre Verwandtschaft mit jener anderen Höllenmacht. Aber Unterhaltung und Belehrung für die gehobenen Schichten schrecken davor zurück, der Nähe zwischen Kampf und Lust, zwischen Drohung und Liebesschwur, zwischen Mord und Zeugung zur Evidenz zu verhelfen; ihre Kriegszüge sind steril und ihre Liebespfade blumig. Freud war der große Rebell der Moderne, was die Tendenz, Krieg und Liebe zu scheiden, betrifft. Daß man ihn heute nicht mehr so recht wahrhaben will, kommt nicht von ungefähr. Er ist ein genuiner Bruder des Aristophanes, wenn auch ein vergleichsweise grämlicher und skeptischer. Da er, anders als sein antiker Vorfahr, keine weibliche Libido mehr kennt – hier ist er das Opfer eines jahrhundertealten Manichäismus, der dem sexuellen Trieb einen Platz außerhalb der moralischen Welt zuweisen mußte und mittels Projektion dann den weiblichen dazu ausersah – gibt es bei ihm auch keine Erlösung aus der Ambivalenz des Triebes im Fest »des Lebens, der Freude, der Liebe und Fruchtbarkeit«, mit Bacchus »im

Schwarm seines liebestollen Gefolges« als Gast. Aber immerhin, zumindest der männlichen Libido hat Freud ihre Bocksfüße zurückgegeben – weshalb denn auch der illusionsschwangere Slogan: ›Make love, not war‹ nur sehr bedingt mit ihm zu tun hat.

Wie steht es mit jenen anderen Denkern, derer sich die Protestgeneration seinerzeit so nachdrücklich vergewisserte? Marx ist auch ein Theoretiker des Krieges gewesen; der Klassenkampf sowie der Krieg zwischen bürgerlich entwickelten und den unter einer Despotie verkümmernden Nationen schien ihm nötig und erwünscht. Kompromißloser noch hat Lenin, der andere Inspirator der späteren Studentenbewegung, den Krieg in den Mittelpunkt seines Denkens gestellt. Insofern er mit der Praxis der Umwälzung zu tun hatte, ist sein Denken kasuistischer und kurzatmiger als das seines Vorbilds Karl Marx. Was aber beide als Strategen eint, ist die radikale Abwesenheit der Liebe als Gegenstand, als Rücksicht, als – wenn man so sagen darf – Wellenbrecher ihres Philosophierens. Liebe, das muß man hier übersetzen in: Empirie, Bedürfnis, Gebrauchswert, Glück. Nicht jeder Denker muß die ›Liebe‹ in einem solchen Sinn beachten, wenn er sich an die Arbeit macht; wer jedoch den Krieg legitimiert, entwirft und plant, braucht sie und ihre Triebkräfte als Bezugspunkte, als Gegenkräfte, als Widerstände. Das berühmte Bonmot vom Menschen als Störfaktor der Theorie ward wohl gemünzt auf die Neigung der deutschen (und der von ihr beeinflußten) Philosophie, vom Boden der Wirklichkeit abzuheben und die systematisierende Kraft des Denkens in den Boden der Person, in ihre Triebe und Gelüste zu projizieren oder gar von den letzteren völlig abzusehen. Die ›Make-love-not-war‹-Generation, soweit sie von der ›love‹ der amerikanischen Hippies zum ›war‹ des Sozialismus aus dem 19. und beginnenden 20. Jahrhundert überlief, endete als Sekte.

Die ›love‹-Fraktion hat überlebt, ihre Hinwendung zur Psyche, zum Geschlecht, zur Natur und zum Gebrauchswert hat ihr breites Interesse gesichert, hat zu Bewußtseinsveränderungen und Reformen geführt. Die neue Frauenbewegung als einer der aktivsten und erfolgreichsten Flügel dieser ›Fraktion‹ bestreitet heute einen Gutteil der Debatte um ›Krieg und Liebe‹. Mit dem *Lysistrata*-Modell hat sie die Frauensolidarität und die strikte Anti-Haltung gegen die Männer-Dummheit »in ganz entscheidenden Dingen« gemeinsam, die Entschlossenheit, in der sie wie Lysistrata ankündigt: »Wir sprechen jetzt. Und sehen nach dem Rechten.« Was Liebe und Sex betrifft, so scheint's der Frauenkampf des 20. Jahrhunderts allerdings anders zu machen als seine antike Mutter. Undenkbar wäre heute eine Situation, welche jener schon zitierten Szene gliche, in der Lysistrata ihre »flüggen Vöglein« an den Haaren über die Mauer zurückzerrt oder des Grabens unterirdischer Fluchtschächte überführt, undenkbar jene libidinöse Gewalt, die bei Aristophanes die Griechinnen zu ihren Männern treibt und beinahe das ganze Kommando gesprengt hätte. Woran das liegen mag? Sicher nicht nur daran, daß die Männer des 20. Jahrhunderts lausige Lover und die Feministinnen von bedeutenderen Sorgen in Anspruch genommen sind – es mag mit einer Ermüdung des aufgeklärten Sexus überhaupt zusammenhängen, man/frau muß sich vielleicht von allzuviel Beschäftigung mit und Fixierung auf die eigene Bocksfüßigkeit erholen. Welches immer die Gründe für die vergleichsweise blasse Figur, die unsere Zeit und ihre Avantgarden (wozu die Frauenbewegung gehört) in Sachen Sex machen, sein mögen: eine denkbare Interpretation paßte doch bei aller augenscheinlichen Verschiedenheit in's

Modell Lysistrata. Es *kann* sich ja um eine unbewußte kollektive Verweigerung im Sinne der ›Heeresauflöserin‹ handeln – als sagten die (emanzipierten) Frauen durch ihre Abwendung von der Liebhaberinnen-Rolle in etwa dies:

»Ihr braucht nicht Stangen, ihr braucht Verstand.

Solange ihr Männer die kriegerische und ausbeuterische Zerstörung von Nationen, Kulturen und Natur fortsetzt, verlangt es uns nicht mehr nach Euch. Ändert Euch und Eure Politik, u. a. dadurch, daß ihr euren Widerstand gegen unsere Beteiligung an Staats- und anderen Geschäften aufgebt. Dann sehen wir weiter.«

Diese Botschaft wäre anders akzentuiert als weiland die der Lysistrata: die Griechinnen verlangte es ja sehr wohl nach ihren Männern. Eine Übereinstimmung aber läge in der impliziten Drohung: ›Wenn ihr euch nicht ändert, sehen wir auch nicht weiter.‹ Eine Übereinstimmung läge in der sexuellen Enthaltung überhaupt, sie könnte der ›Herausarbeitung des Gegensatzes‹ dienen und somit dem Projekt einer umso interessanteren Begegnung, könnte also statt Flaute die Ruhe sein vor dem Sturm. Diese Möglichkeit existiert nur theoretisch, es spricht kein Augenschein, auch keine Wahrscheinlichkeit für sie. Aber sie wäre die schönste. Verwirklichte sie sich, so hätte die Liebe eine Zukunft, und zwar Liebe unter Einschluß aller ›kriegerischen‹ Kräfte. Und da sie an eine Bedingung geknüpft wäre, deren Einhaltung den militärischen ›Waffengang im Großen‹ unwahrscheinlich machte, hätte sie die ›erfüllte Zeit‹ des Friedens vor sich. Diese Utopie ist eine Konstruktion, keine Prognose. Aber ihre Konstruktionselemente gibt es.

ARISTOPHANES

Lysistrata

übersetzt und an einigen Stellen sehr frei bearbeitet
von ERICH FRIED

Im heiligen Bezirk des Dionysos wild tanzende Frauen. Sie schwingen den Laubstab und das Weingefäß, und sie rasen zum Rhythmus von Flöte und Kastagnetten um das Kultmal des Gottes, einen mit Gewand und Maske umkleideten Pfeiler

Personen: LYSISTRATA
MYRRHINE
KALONIKE
LAMPITO
RATSHERR
KINESIAS
ATHENER
SPARTANER
FRAUENCHOR
MÄNNERCHOR

Einige Anmerkungen zu meiner Übersetzung

Teils weil diese Übersetzung und Bearbeitung für die Bedürfnisse einer Bühne verfaßt wurde, die zum Beispiel mit mehreren wetteifernden Schlußchören nicht zu Rande gekommen wäre; teils auch, weil Ensemble und Übersetzer einige Stellen unterstreichen und die Rolle der Frauen, aber auch die der Liebe noch stärker betonen wollten; schließlich auch, weil der Übersetzer mit einem leicht skeptischen Ton schließen wollte, wurden einige Stellen leicht »umgedichtet«.

Es handelt sich also hier um eine Bearbeitung, die weitaus freier ist als meine Shakespeare-Übersetzungen.

Besonders erwähnt seien folgende Stellen:

S. 39 Warum die Frauen bei mir den Eid für den Frieden auf Muttermilch statt auf Wein schwören, versteht sich wohl von selbst.

S. 64f. Ich habe eine von Liebe diktierte Auflehnung des Kinesias gegen die anderen Männer und den Beginn der Umstimmung eines zweiten Mannes eingefügt.

S. 65 Lampito tritt auf (nicht wie bei Aristophanes ein spartanischer Herold), um die Aktion der Frauen und die komische Lage der Männer zu unterstreichen.

S. 72 Kinesias und Myrrhine betonen die Liebe etwas mehr als der Urtext.

S. 72f. In unserer Zeit schien mir das traditionelle Ende mit Chor und Tanz weniger wirksam als etwas Skepsis. Außerdem mußte ich aus Gründen der Inszenierung die Chorstellen vereinfachen und zusammenziehen.

Ich hoffe, Aristophanes bliebe mir trotz (oder dank) alledem gewogen.

London, Juni 1985 E.F.

1. Szene

(Lysistrata, Kalonike, Myrrhine, Lampito, andere Frauen.)

LYSISTRATA Ja, diese Frauen! Wär'n sie herbestellt
Den alten Ziegenbock, den Pan, zu feiern,
Zur wilden Orgie in den Bacchustempel,
Zum schönen Liebesfest der Aphrodite, –
Da käm' man vor Musik und Tanz nicht durch! –
Jetzt ist noch keine einzige da! – Doch, ah:
(Kalonike tritt auf) Hier, meine Nachbarin! – Willkommen, Kalonike!
KALONIKE Dank, Liebste! – Aber was bedrückt dich so?
Stirnfalten stehn dir nicht! – Die sind wie Runzeln.
LYSISTRATA Ach, Kalonike! Mir kocht das Herz vor Zorn.
Und was mich wütend macht, sind wir! – Wir Frauen.
Die Männer sagen ohnehin, wir sind nur
Nichtsnutzige Schlampen ...
KALONIKE Gott, und sind wir's nicht?!
LYSISTRATA Es war doch ausgemacht: Heut, früh am Morgen,
Hier oben, vor der Stadtburg von Athen,
Soll alles kommen, denn ein großes Ding
– Ein großes, wichtiges Ding steht zu beraten. –
Und alles schläft, und keine kommt!
KALONIKE Die kommen. –
Sicher, mein Herz! Du weißt doch, eine Frau hat
Am Morgen viel zu tun: Die eine muß erst
Den Herrn Gemahl zufriedenstellen, oder
Den Diener bitten, daß er aufstehn soll.
Die zweite muß das Kind waschen und wickeln,
Ihm Milch geben und warten, bis es aufstößt ...
LYSISTRATA Mir aber liegt ein größeres Ding am Herzen!

KALONIKE Größer? – Am Herzen? Hm: Ein Wunderding?!
Und darum rufst du alle Frauen zusammen? –
Beschreib mir doch das Ding?
LYSISTRATA Groß. – Mehr als groß ...
KALONIKE Und auch entsprechend stark?
LYSISTRATA So stark ihr wollt!
KALONIKE Und das verschlafen Frauen?!
LYSISTRATA Das nicht! Sonst ständen alle längst hier Schlange.
Nein, mit dem Ding, von dem ich sprech, hab ich mich
Schlaflos herumgewälzt, schon viele Nächte.
KALONIKE So lang? Dann ist das Ding jetzt wohl ganz schwach?
LYSISTRATA So schwach, daß jetzt die Rettung Griechenlands
Von uns abhängt: Uns Fraun! In unsrer Hand liegts!
KALONIKE In unsrer Hand? – Dann ist der Spaß bald aus.
LYSISTRATA In unsrer Hand: Die Zukunft Griechenlands.
Ob wir zugrunde gehn. – Auch die in Sparta ...
KALONIKE Sparta? O Gott, die solln doch nur verrecken!
Die sind doch unsre Feinde! –
LYSISTRATA ... und auch Theben!
KALONIKE Um die ist's auch nicht schad. Bis auf die Aale
Und andern Leckereien, die sie liefern ...
LYSISTRATA Und nicht nur Sparta oder Theben! – Auch ...
KALONIKE Du meinst doch nicht ...!
LYSISTRATA Ich will es nicht verschreien.
Doch, Kalonike, auch wir selbst: Athen. –
Wenn aber hier die Fraun sich alle treffen,
Aus Sparta und aus Theben und Athen ...
Und einig sind: wir retten Griechenland!
KALONIKE Ach, du! – Wie können Frau'n was Kluges, Großes
Vollbringen? – Wir sitzen doch nur so da,
Geschminkt und blondgefärbt, im gelben Schal,
Im durchsichtigen Kleid, mit Bänderschuhen ...
LYSISTRATA Und grade das bringt uns die Rettung: Schminke,
Das blondgefärbte Haar, die Bänderschuhe,
Das durchsichtige Kleid ...
KALONIKE Und wieso das?
LYSISTRATA Dadurch wird bald kein Mann mehr seinen Spieß
Erheben gegen einen andern Mann!
KALONIKE Ich färb 'nen Schal mir gelb!
LYSISTRATA auch keinen Schild mehr!
KALONIKE Ich kauf ein Florkleid!

LYSISTRATA ... und kein Schwert mehr ziehen!
KALONIKE Ich kauf mir Schuh!
LYSISTRATA Und trotzdem: Keine Frau da!
KALONIKE Die hätten doch geflogen kommen müssen!
LYSISTRATA Nein, nein, schön langsam: Wieder echt Athen:
Man tut zwar alles, aber nur zu spät!
Nicht einmal die von Salamis sind da!
KALONIKE Die Fischerfraun? Die unt'n an ihrer Küste
Im Boot 'nen starken Mast zu schätzen wissen ? –
Die warn doch alle schon bemannt bei Tagesanbruch,
Und noch nicht da? – Doch wart! Dort kommen welche.
Auch dort! – Auch da. – Pfui! Die da kann ich riechen!
Wo kommen die denn her?
LYSISTRATA Vom Land, Myrrhinerinnen.
KALONIKE Nach Myrrhen riecht das nicht, das riecht nach Kuhstall.
MYRRHINE Sind wir zu spät, Lysistrata? ... Sag doch was?!
LYSISTRATA Ich sag nur, du hast lang gebraucht, Myrrhine,
Wo's doch so wichtig ist.
MYRRHINE Ich mußte aber
Im Dunkeln lange meinen Gürtel suchen,
Um niemand aufzuwecken. – Aber wenn es
So wichtig ist, dann sag uns doch gleich, was.
LYSISTRATA Ich denk, wir warten noch, bis Frauen kommen
Aus Sparta und aus Theben.
MYRRHINE Ja, gut. –
Da kommt schon eine aus Sparta, die Lampito!
LYSISTRATA Lampito, Liebste! Lange nicht gesehn!
Wie hübsch du bist. Und wie gesund ihr seid,
Und Muskeln! – Du könnt'st einen Stier erwürgen!
LAMPITO Das schon! Da irrst dich nit! –
Wir turnen halt in Sparta! Meine Fersen,
Schau her: Ich hüpf und klatsch sie an mein' Hintern!
LYSISTRATA Und prächtige Brüste!
LAMPITO Nai, lassts mi' los. Ich bin kein Opfertier!!
LYSISTRATA Und dieses junge Mädchen, wo kommt *die* her?
LAMPITO Aus gutem Haus. Eine Thebanerin!
LYSISTRATA Thebanerin, dein schönes Unterland ...
KALONIKE ... ist liebevoll gepflegt, ein seidenweicher Rasen.
MYRRHINE Und fleißig wohl durchackert und bewässert?
LYSISTRATA Und sie?
LAMPITO Ein braves, gutes Mädchen! – Aus Korinth.

LYSISTRATA Brav, gut und aus Korinth?! – Ja, ja. Man siehts ihr an.
LAMPITO Jetz' sagst mir, wer hat all die Weiber hergeholt?
LYSISTRATA Ich hab sie hergerufen.
LAMPITO Du? No, und warum?
MYRRHINE Ja, sag, Lysistrata, was ist so dringend?
LYSISTRATA Gleich. Doch zuerst, wenn keine was dagegen hat,
Möcht ich euch allen eine kleine Frage stellen.
MYRRHINE Ja, frag nur.
LYSISTRATA Also gut: Sehnt ihr euch alle nicht
Nach eurer Kinder Vätern, die im Felde sind?
Von euch hat keine doch mehr ihren Mann zuhaus?
KALONIKE Fünf Monat' ist mein armer Mann in Thrakien schon,
Bewacht den Feldherrn, der zum Feind sonst überläuft,
Weil ein Prozeß ihm wegen Unterschlagung droht.
LYSISTRATA Der meine steht schon sieben Monat' an der Front.
LAMPITO Und meiner! – Kaum is der vom Lager wieder z'haus,
Glei packt er seinen Sack und is schon wieder fort!
LYSISTRATA Auch alle Liebhaber sind einfach weggeblasen!
Und seit Milet nur noch den Feind beliefert, gibts auch nicht
Die Lederdinger zum Ersatz, die helfen könnten
Uns Fraun! – Und darum, wenn ich wirklich einen Weg
Zum Frieden find aus diesem Krieg, – steht ihr mir bei?
MYRRHINE Ich schon, und müßt ich auch mein Kleid versetzen und
Das Geld versaufen oder gar ...! ... Ich schon!
KALONIKE Ich ließ' mich in zwei Teile schneiden wie ein Butt,
Und gäb die eine Hälfte für den Frieden her!
LAMPITO Und ich stieg auf'n höchst'n Berg vom Taygetos,
Wenn ich den Frieden fänd dort oben! Wirklich wahr!
LYSISTRATA Nun gut, so hört meinen geheimen Plan:
Wenn wir die Männer wirklich zwingen wollen, Fraun,
Zum Friedenschließen, müssen wir verzichten erst ...
MYRRHINE Auf was?
LYSISTRATA Doch wollt ihr es auch wirklich tun?
MYRRHINE Wir wolln es tun, und wenn wir sterben müßten dran!
LYSISTRATA Nun, gut: Wir dürfen mit den Männern nicht ins Bett.
Was habt ihr denn? – Wohin so eilig? Sagt!?
Was beißt ihr euch die Lippen, schüttelt euren Kopf?
Was werdet ihr so blaß und plärrt? – Wollt ihr es *nicht* tun?
Ja? Oder ...
MYRRHINE Nein! Ich nicht! ... da soll der Krieg
Doch weitergehn!

KALONIKE Ich auch nicht! Lieber Krieg!
LYSISTRATA Ach, ihr! – Ihr schwurt, ihr wollt euch
In Stücke schneiden lassen! Ja, Frau Butt!
KALONIKE Sonst alles, was du willst: Ich geh durchs Feuer, wenn
Du's sagst. Nur eins: Die Liebe lasse mir!
Lysistrata, Liebste, nein! Es gibt ja nichts als sie ...
LYSISTRATA Und du, Myrrhine?
MYRRHINE Nein. Durchs Feuer ging auch ich!
Verzeih!
LYSISTRATA O Fraun! – Wie sind wir ohne allen Halt!
Das reinste Trauerspiel! Für nichts als nur fürs Bett!
Ein Gott besucht uns, macht uns Kinder und
Die überlassen wir dem blutigen Schicksal dann! –
Doch du, Lampito, du Spartanerin! – Wenn du
Mir beistehst, könnten wir es schaffen – immer noch! –
Willst du mir helfen?
LAMPITO Du, wir Weiber ham das schwer!
Allein zu liegen nachts und wartn bis die Vögel schrein!
Die Vögel, die hams gut! – Doch Muß is Muß: Hast Recht
Der Friede, der muß sein!
LYSISTRATA O du! Du bist ganz groß!
Lampito, du! Du bist die einzige echte Frau!
KALONIKE Und wenn wir's wirklich täten (Und ich hoff', es kommt
Doch nie so weit). Sag, wie uns das den Frieden bringt?
Weißt du's gewiß?
LYSISTRATA Gewiß. Seht her: Wir sitzen da,
Zuhaus, ganz schön gemacht, im durchsichtigen Kleid,
Geschminkt, so gut wie nackt. Da machen wir sie scharf.
Und dann, wenns soweit ist, da machen wir nicht mit.
»Zuerst macht Frieden!« Was glaubt ihr, was dann geschieht?
LAMPITO Es heißt »der Menelaus hat Helenas Brüste g'sehn,
Da tät ihm gleich die Lust an seinem Schwert vergehn«. – Na, gut!
KALONIKE Und was ist, wenn die Männer uns verlassen?
LYSISTRATA Dann
Sind wir uns selbst die Nächsten, Schatz! Selbst ist der Mann!
KALONIKE Ein Sprichwort kann den Mann doch nicht ersetzen. –
Und
Wie, wenn sie mit Gewalt uns packen und
Zum Bett uns zieh'n?
LYSISTRATA Dann halt dich an der Türe fest.
KALONIKE Und wenn sie schlagen?

LYSISTRATA Dann gib nach, doch dann machs schlecht!
Die eigne Frau nur mit Gewalt ... macht keinen Spaß.
Und mach es nicht nur schlecht, nein ärger ihn auch noch ...
Glaub mir, da steckt ein jeder Mann zurück ...
KALONIKE Nun, gut!
Wenn du so sicher bist, wolln *wir* es auch sein.
LAMPITO In Sparta, wir kriegen das Mannsvolk schon dazu,
Daß Frieden machen ! – Aber eure Lumpen in Athen,
Wie kriegt ihr die herum, daß sie nicht was begehn?
LYSISTRATA Wir zeigens ihnen schon, da sorg dich nicht.
LAMPITO Ich sorg mich doch, solang die ihre Schiffe ha'm.
Da setzen sie uns ganz gefährlich zu!
Und sie ha'm Geld für Schiffe, noch und noch ...
Hier, im Athenetempel liegt ihr Flottenschatz!
LYSISTRATA Den kapern wir. Auch dafür ist schon gut gesorgt:
Die Burg, der Tempel, wird noch heut von uns besetzt.
LAMPITO Ah! So is' recht! Das hab ich gern. So wirds schon gehn!
LYSISTRATA Gut, gut, Lampito! Laß uns schwören drauf, doch gleich,
Wir alle, daß es gilt und nichts mehr schiefgehn kann.
LAMPITO Geh, sags uns nur gleich vor, dann schwörens wir schon drauf.
LYSISTRATA Was brauchen wir für unsern Schwur? – Kommt her, macht schnell!
Legt einen Schild als Schüssel her und holt ein Opfertier.
KALONIKE Lysistrata, was wird das für ein Schwur?
LYSISTRATA Ein echter Schwur, mit Opferblut, nach Männerart!
KALONIKE Doch, Liebste, für den Frieden schwört man doch nicht so!
LAMPITO Vielleicht ham das die Amazonen besser gmacht?
Die ham ein weißes Pferd geopfert!
LYSISTRATA Aber wir,
Wo nehmen wir ein weißes Pferd her?
EINE DER ANDERN (*leiser*) So ists recht!
Am besten gar kein Schwur, dann kann uns nichts geschehn,
Wenn wir ihn brechen.
ZWEITE ANDERE Komm, wir gehn nach Haus.
LYSISTRATA Bleibt da! Bleibt da!
KALONIKE Ich sag euch, wie wir schwören:
Wir schwören überhaupt nicht mehr mit Blut.
Die Männer haben zuviel Blut geopfert schon.
Lysistrata, du Liebe: hör mich an!
Ich glaub, ich weiß etwas, was besser ist.

(Spricht leise zu Lysistrata, die sie umarmt und küßt.)

LYSISTRATA Wir sind doch Fraun, und manche von uns nährt ein Kind!
Drum laßt uns schwören bei der heiligen Muttermilch,
Nicht nur für uns allein, für unsre Kinder auch:
Da, diese Schale ist viel besser als ein Schild.
Die dicken Lippen sperrt sie durstig auf:
Die unter euch, die Kinder säugen, kommt hierher,
Spritzt etwas Milch hinein.

LAMPITO Ja, das ist wirklich schön!

KALONIKE Da merkt man, es hat Sinn.

LYSISTRATA Ja, geht nur hin! – Haltet die Schale auf!

KALONIKE Wie eine schöne Muschel ist die Schale, Fraun!

MYRRHINE *(die selbst hintritt)*: Das sollten aber unsre Männer sehn!

LYSISTRATA Die werden unseren Schwur zu spüren kriegen bald!
Ja, laßt nur spritzen. –
Kluge Göttin du
Der Überredungskunst, nimm unser Opfer an
Und mach uns Frauen stark.

MYRRHINE Und unsre Kinder frei vom Krieg.

LAMPITO Ein so ein schönes Opfer hab ich nie gesehn!

LYSISTRATA Komm, komm, Lampito. Faßt die Schale alle an.

MYRRHINE Ich trink als erste! Ja?

KALONIKE Nein, nein, die Göttin will ...

LYSISTRATA Die Göttin will, daß ihr den Schwur mir nachsprecht jetzt
(zu Kalonike): Du sprich ihn nach, die andern stimmen alle zu.
(Feierlich: Singsang, etwa wie in alter kirchlicher Liturgie.)
Ich laß keinen Mann zu mir kommen, weder Liebsten noch Gatten ...

KALONIKE Ich laß keinen Mann zu mir kommen, weder Liebsten noch Gatten ...

LYSISTRATA Auch wenn er kommt wie ein Sturmbock, der Mauern bricht.
Sprich doch nach!

KALONIKE Auch wenn er kommt wie ein Sturmbock ... O Göttin! Lysistrata!
Mir werden die Knie ganz weich! – ... der Mauern bricht.

LYSISTRATA Zuhaus will ich sitzen wie eine Jungfrau rein ...

KALONIKE Zuhaus will ich sitzen wie eine Jungfrau rein ...

LYSISTRATA Doch in meinem dünnsten Kleid und verführerisch hergerichtet,

KALONIKE Doch in meinem dünnsten Kleid und verführerisch hergerichtet,
LYSISTRATA Damit mein Mann nach mir vor Verlangen toll wird!
KALONIKE Damit mein Mann nach mir vor Verlangen toll wird!
LYSISTRATA Aber hingeben will ich mich ihm niemals willig ...
KALONIKE Aber hingeben will ich mich ihm niemals willig ...
LYSISTRATA Und wenn er mich zwingt, bin ich kalt und verderb ihm den Spaß!
KALONIKE Und wenn er mich zwingt, bin ich kalt und verderb ihm den Spaß!
LYSISTRATA Und heb meine Füße nicht ihm zulieb girrend zur Decke!
KALONIKE Und heb meine Füße nicht ihm zulieb girrend zur Decke!
LYSISTRATA Und mach mich auch nicht mehr geschmeidig wie eine Löwin.
KALONIKE Und mach mich auch nicht mehr geschmeidig wie eine Löwin.
LYSISTRATA Halt ich den Schwur, so soll Segen auf mich sich ergießen ...
KALONIKE Halt ich den Schwur, so soll Segen auf mich sich ergießen ...
LYSISTRATA Aber brech ich den Schwur, so soll meine Schale leer sein!
KALONIKE Aber brech ich den Schwur, so soll meine Schale leer sein!
LYSISTRATA Und schwört ihr das alle, bei der Göttin und allen Göttern?
ALLE Ja! Bei der Göttin und allen Göttern, wir schwören!
LYSISTRATA Und nun zur Tat: Die Burg ist so gut wie unser.
Die Wächter ahnten ja nichts und ließen uns Frauen herauf.
KALONIKE Die glaubten, wir wollten der Göttin ein Opfer bringen.
LYSISTRATA Das wollen wir auch: Wir opfern den Krieg für den Frieden.
MYRRHINE Wir opfern den Krieg für den Frieden, die Burg ist unser!
ALLE Die Burg ist unser: Im Tempel der Göttin Athene
Herrscht nicht ein Mann mehr!
LYSISTRATA Nein, nur wir Frauen Athens!
KALONIKE Die Kriegskasse ist vor den Kriegern gerettet!
LYSISTRATA, KALONIKE, MYRRHINE In unseren Händen!
LYSISTRATA Ich habs euch ja gesagt, wir Frauen können alles!
Die Burg ist unser und der Kriegsschatz ist gesichert. –

Liebste Lampito, jetzt geh du nachhaus nach Sparta,
Und bringe eure Männer dort um Reih und Glied.
Die andern Frauen lasse hier als Bürgschaft.
LAMPITO Wir werden siegen.
(Lampito ab.)
LYSISTRATA Kommt mit jetzt, in die Burg, wir müssen jetzt
Die Tore fest verriegeln und bewachen!
KALONIKE Sag, glaubst du nicht, jetzt kommen bald die Männer
Und greifen an?
LYSISTRATA Was mach ich mir aus Männern?
Die solln nur kommen, sollns mit Brandfackeln versuchen!
Die Tore gehn nicht eher auf als wir es wollen,
Und *wir* stell'n die Bedingungen.
KALONIKE Das wolln wir!
Die Männer haben immer schon gesagt, wir Frauen
Sind außer Rand und Band wie Furien. Recht so!
Jetzt wolln wir's ihnen zeigen!

(Alle ab.)

2. Szene

(Chor der Männer, Chor der Frauen. Dann ein Ratsherr mit zwei Schergen. Dann Lysistrata und andere Frauen. Der Chor der alten Männer ist mit Holzscheiten, Brandfackeln, Glutpfannen bewaffnet. Vielleicht auch Rammböcke, Sturmleitern, usw.)

CHORFÜHRER *(zu einem der andern)*:
Nur weiter, Drakes! Immer mit der Ruh, auch wenn
Dein Sturmbock da aus Ölbaumholz die Schulter drückt.
ERSTER HALBCHOR Wer lange lebt, den wundert
Unvorhergesehnes nicht.
Doch, Strydomores, ich gestehs, ich glaubte nie,
Daß diese gottverfluchten Schlampen da,
Die unsereins auch noch erhalten mußte,
Die Plage, die wir auch noch fütterten,
Sich an Athenes Heiligtum vergehn,
Daß sie die Stadtburg nehmen, die Akropolis,
Und schlagen unser eignes Tor uns zu

Und schieben Riegel vor!
Wir müssen hin, zur Burg, und keine Zeit verlier'n,
Und schichten Äste, Zweige, Scheiter um die auf,
Dann sind die Frevlerinnen allesamt schlecht dran:
Dann räuchern wir sie aus: Dann zünden wir das Tor an,
Daß dieses Hexenpack nie mehr was anstell'n kann.
ZWEITER HALBCHOR Nein, spotten soll'n uns diese Weiber nicht!
Der erste Mann, der diese Burg besetzte, war
Kleomenes, und ließen wir es dem denn etwa durch?
Nein, mir ergab er sich, der große Sparterheld!
Und hatte nur noch schmutzige Fetzen an,
Verlaust und voll Gestank, und unrasiert
Sechs Jahre ungewaschen, ohne Bad.
CHORFÜHRER Ununterbrochen haben wir den Kerl belagert, und
Mit Wachen vor dem Tor, in siebzehn Rängen, selbst
Im Schlaf noch Postendienst!
Und die da, allen Göttern nur ein Ärgernis,
Die sollen freveln dürfen vor der Nase mir?
Da reiß ich mir doch alle meine alten Orden ab!
ERSTER HALBCHOR Nur die paar Schritte noch hinauf
Das letzte Stück!
Doch auch das steilste Stück
Gerade vor der Burg!
Wie tragen wir das ohne Esel hin?
Wie scharf auf meinen Schultern drückt die Last!
Es muß aber sein!
Und blast auch ins Feuer,
Daß es nicht ausgeht,
Bevor wir da sind.
Drum blast nur, blast! –
Puh! – Was für ein Rauch!
ZWEITER HALBCHOR O Herkules, göttlicher Held,
Der die schwersten Arbeiten vollbrachte!
Hilf! Hilf! Denn schrecklich fällt der Rauch mich an.
Er beißt ins Aug mich wie ein toller Hund!
Wie ein Vulkan, der seinen Krater auftut,
Daß Schwefelrauch mich lähmt und mich erstickt!
Hinauf, hinauf zur Burg!
Schützt unsre Göttin
Vor diesem Weiberpack
In ihrem Tempel!

Nie hat sie unsre Hilfe mehr gebraucht! –
Gäb sie doch nur, daß es nicht so arg raucht.
CHORFÜHRER Den Göttern Dank! Das Feuer brennt jetzt wieder!
Ich glaub, ihr könnt das Holz hier auf den Boden legen,
Das Reisig dann entzünden und die Fackeln,
Und mit dem Sturmbock auf das Tor losrennen.
Und wenn die Weiber unserm Ruf nicht folgen
Und nicht die Riegel öffnen, wird das Tor verbrannt!
Und dann erstickt das ganze Pack in Rauch und Flammen!
So: So ists leichter!

(Sie legen die Lasten ab.)

Aber der verdammte Rauch da!
Ich wünscht nur, unsre großen Generäle
Die packten mit hier zu! – Und schleppten Holz mit.
Das hat mir lang genug den Rücken krumm gemacht!
Nun, Kamerad, die Fackel her!
Ich schwing sie gleich als erster!
Nun, Siegesgöttin, steh uns bei,
Gegen diese frechen Weiber!

(Sie legen Feuer an. Von der anderen Seite kommt der Chor der alten Frauen.)

CHORFÜHRERIN Rötlich zum Himmel beginnen die Flammen zu flackern!
Feuer und Rauch! Kommt schneller! Kommt löschen, schneller!
ZWEITER FRAUENHALBCHOR Schnell, Nikodike, komm!
Schnell, unsere Schwestern
Verbrennen sonst im Rauch
Und in den Flammen!
Die elende Horde
Der alten Männer bedroht uns!
Ihren elenden alten Brauch,
Den halten sie für ihr Recht!
Drum wollen sie uns verderben
Nach dem elenden alten Gesetz!
Eines nur macht mir Angst: Es könnte zu spät sein!
An der Quelle hab ich den Krug mühsam im Dunkeln gefüllt.
Gar nicht so leicht bei dem Lärm und bei dem Gedränge.
Klirren von Krug an Krug und der Sklavinnen eiligem Schreien.
Wasser bring ich den Schwestern, denen das Feuer den Tod droht.
ZWEITER FRAUENHALBCHOR Alte Männer hörte ich rufen, sie brachten

Holzscheite, Reisig genug geschleppt uns zu verbrennen.
Rauch weht um sie, sie keuchen, als wollten ein Bad sie uns heizen,
Aber sie fluchen und drohn uns, sie wollen uns rösten.
Wir sind verworfene Hexen, man muß uns alle verbrennen.
Göttin! Laß nie den Tag kommen, an dem sie uns so etwas antun.
Laß uns statt dessen siegen und bringen den Frieden,
Griechenland retten vom blutigen Wahnsinn des Krieges.
Drum nur, Athene, besetzten wir ja deinen Tempel!
Hilf uns, wir rufen dich an, als Frau hilf uns Frauen!
Trag mit uns Wasser, daß Männer nicht Frauen verbrennen!

CHORFÜHRERIN *(zu den Männern)*
He! Aufhörn da! Was soll denn das?
Ihr gottverlassne Schar!
So etwas tut gewiß kein Mann
Mit Kraft und Ehre im Leib!

CHORFÜHRER Nein, hat man so was schon gesehn? Das kann ja gar nicht sein!
Ein Haufen Weiber kommt daher, verteidigen das Tor!

CHORFÜHRERIN Ein Haufen? Ha! Sei nur nicht frech. Wir solln ein Haufen sein?
Du hast noch nicht ein Tausendstel von unsrer Schar gesehn!

CHORFÜHRER *(zu einem Mann)*:
Komm her, Pheidrias, rupfen wir doch diese alten Hennen!
Ein Stock auf ihrem Buckel, und dann werden sie uns kennen!

CHORFÜHRERIN Stellt eure Krüge hin, und haltet eure Arme frei!
Und wenn uns einer anrührt, mit dem ists dann vorbei!

CHORFÜHRER Beim Zeus, du brauchst zwei Schläge nur,
Daß dir die Ohren brummen.
Aufs Maul und auf die Backen –
Du würdest schnell verstummen!

CHORFÜHRERIN Versuch es doch und schlag mich: Schau,
Da sind sie, meine Backen!
Dann aber wüßt kein Luder mehr,
Wo könnt sie dich noch packen.

CHORFÜHRER Schweig! Denn ich rupf dich jung und glatt,
Du zottige alte Schlampe!

ANDRE FRAUN Versuch mit einem Finger nur Stratyllis zu berühren!

CHORFÜHRER Gleich schlägt sie meine Faust zu Brei trotz euren Racheschwüren!

CHORFÜHRERIN Ich reiß dir mit den Zähnen Darm und Lunge aus dem Leib!

CHORFÜHRER Recht hat der Dichter, wenn er sagt: »So schamlos wie ein Weib!«
CHORFÜHRERIN Jetzt, Frauen ist es Zeit! Jetzt nehmt die Wasserkrüge! – Vorwärts!
CHORFÜHRER O gottverhaßtes Weiberpack, was wollt ihr mit dem Wasser?
CHORFÜHRERIN Du Alter, schon mit einem Fuß im Grab, was willst du mit dem Feuer?
(Sie gehen mit den Krügen auf die Männer los.)
CHORFÜHRER Für deine süßen Schwestern steck ich an den Scheiterhaufen!
CHORFÜHRERIN Na, schön, da siehst du selber gleich, wozu mein Wasser gut ist!
CHORFÜHRER Du löschst nicht mal ein Glühwürmchen!
CHORFÜHRERIN Nein? Na, das wolln wir sehn!
CHORFÜHRER Ich weiß nicht, worauf wart ich noch?
Gleich werde ich dich braten!
CHORFÜHRERIN Komm, Kleiner! Wenn du Seife hast,
Will ich dich jetzt schön baden!
CHORFÜHRER Mich baden, altes Luder, du!
CHORFÜHRERIN Dein Hochzeitsbad, du Fladen!
Denn es ist hohe Zeit für dich:
Bald fressen dich die Maden!
CHORFÜHRER Wie unverschämt – habt ihr's gehört?
CHORFÜHRERIN Wir sind jetzt frei, wir können
Euch alles sagen, was wir wolln,
Euch ehemaligen Männern!
CHORFÜHRER Ich stopf dir noch dein Maul!
CHORFÜHRERIN Ists wahr?
Dann hau ich dich in Fetzen!
Auf deinen Sitz im Stadtrat kannst
Du dann dich nie mehr setzen.
CHORFÜHRER Holt Fackeln! Steckt ihr Haar in Brand!
CHORFÜHRERIN Ergieß dich, großer Strom, ins Männerland!
(Sie überschütten die Männer mit Wasser.)
CHORFÜHRER O weh uns Armen!
CHORFÜHRERIN War es auch schön warm?
CHORFÜHRER Warm? Halt, was fällt euch ein?!
CHORFÜHRERIN Dich zu begießen, daß du wieder grünst.
CHORFÜHRER Ich schrumpf nur ein und bin verdorrt und zittre …
CHORFÜHRERIN Du hast ja Feuer, da, geh', verheiz dich selber!

(Ein Ratsherr tritt auf, begleitet von Wachen.)

RATSHERR Was? Schon wieder Ruhestörung durch Frauen?
Unseren ganzen Krieg haben sie uns so versaut!
Mit dem Krächzen der alten Weiber und Klagegeheul der jungen,
Mit wildem Getanz auf den Straßen ist es ihnen gelungen,
Selbst unsere Götter durch ihren Frevel so zu verwirren,
Daß sie in ihrer Pflicht gegen unser Athen sich irren.
Mit ihren unheilverkündenden Worten und Klagen
Sind es die Weiber, die Schuld an der langen Kriegsdauer tragen!
Sonst hätten die Götter uns längst den gebührenden Sieg verliehen.
Nur die Weiber haben wieder zu laut geklagt und geschrien!
CHORFÜHRER Nun hört erst von der Frechheit dieser Weiber da!
Sie haben uns zuerst mit ganz gemeinen Reden
Und dann mit Krügen kalten Wassers überschüttet,
Das sieht so aus, als hätten wir uns naßgemacht!
RATSHERR Geschieht uns aber recht! Bei allen Göttern: wir
Sind grad so sehr zu tadeln wie die Frauen selbst.
Wir selber haben sie verhätschelt und verwöhnt!
Was wir jetzt ernten, haben nur wir selbst gesät!
Wir gehn für sie zum Goldschmied, und wir sagen ihm:
»Erinnerst du dich noch ans Halsband meiner Frau?
Du selber hasts gemacht. – Nun, gestern fiel beim Tanz
Die Schließe ab. – Und ich muß heut nach Salamis ...
Drum wenn du irgendwie heut kannst, so komm vorbei
und setz ihr kunstgerecht den Zapfen wieder ein!«
Was sagt ihr jetzt dazu?
Ein zweiter Dummkopf geht
Zum Schuster, (der schon so ein geiles Mannsbild ist
Mit seinem Werkzeug, das so groß ist und zu schwer
Als daß ein Junge es ihm halten könnt) – und sagt:
»Hör, lieber Schuster: Meine arme Frau, die drückt
Der Schuh ganz schlimm, dort vorne wo. Sie ist
Recht zart; Drum sei so lieb und geh zu Mittag hin.
Und mach ihrs weiter, wo's ihr jetzt so eng ist.«
So hielten wir's. Da sehn wir jetzt die Folgen gut:
Ich werb als Ratsherr Mannschaft für die Schiffe an.
Da brauch ich dringend Geld. Und jetzt find ich versperrt
Das Burgtor, von den Fraun, die eins nicht sehn:
Es ist jetzt keine Zeit, so faul herumzustehn!
(Zu den Wachen):
Kommt, Wache! – Macht ein End'! Das Tor stemmt auf mit Stangen!

Du, Kerl! Was glotzt du? Suchst du eine Kneipe? Mußt dir
Erst Mut antrinken hier für diese Weiber? Los da!
Die Brechstangen schiebt unters Tor! Du dort, ich selber
Pack hier zu! – Also: Eins, zwei, drei!
(Aber das Tor geht von selbst auf: Lysistrata, Kalonike, Myrrhine kommen)
LYSISTRATA Spart euch die Mühe!
Ich komm schon selbst heraus. Ihr braucht nicht Stangen,
Ihr braucht Verstand!
RATSHERR Wirklich, du Schandweib! He, du, mein Beamter! – Die
Nimm fest! Die Hände bind ihr auf den Rücken! – Los!
LYSISTRATA Wenn der nur einen Finger gegen mich erhebt,
Dann hat bei ihm sich was zum letzten Mal erhoben!
RATSHERR He, Leute! Habt ihr Angst? – So geh noch du mit ihm!
Packt sie zu zweit und bindet sie. Los, kommt schon! Macht doch!
KALONIKE Hör auf, sonst trample ich dir deine Därme leer!
RATSHERR Mir meine Därme leer? – Gut, nehmt sie fest, ihr Wächter!
Macht rasch, bevor auch die ihr Maul noch aufreißt!
MYRRHINE Zurück, ihr Bullen! Hände weg! Sonst seht
Ihr nie mehr was mit euren schönen blauen Augen!
RATSHERR He, Wächter! Ihr seid wohl vor Angst gelähmt?
LYSISTRATA Bei allen Höllenfurien!
Noch einen Schritt, so reiß ich dir die Haare aus,
Dort wo's am meisten schmerzt! Dann klags den Göttern!
RATSHERR Die Wächter stehn als wären sie verhext. Doch ich,
Verdammt nochmal, laß mich von Weibern nicht besiegen!
He, Männer! – Schließt die Reihn. Wir greifen an, wir alle!
Auf mein Kommando!
LYSISTRATA Wir sind vier Kompanien von Fraun, hört ihr, schwerbewaffnet!
RATSHERR Los, Männer, drauf auf sie!
LYSISTRATA Kommt, vorwärts, all ihr Schwestern!
Ihr Eierhändlerinnen, Fischfraun, Knoblauchmädchen,
Ihr Schneiderinnen mit der Schere! Alle!
Kommt: Plagt sie, schlagt sie, jagt sie, reißt sie, beißt sie!
Schmeißt sie zurück, zeigt, was ihr seid! *(Handgemenge.)*
Genug! Zurück da! Fleddert nicht die Leichen!
RATSHERR Ich muß gestehn, mein Heer ist übel zugerichtet.
LYSISTRATA Hast du geglaubt, wir hätten Sklavenseelen?
Oder wir Frauen dürsten nicht nach Ruhm!

RATSHERR Dürsten? – Das schon, wenn eine Kneipe da ist.
MÄNNERCHOR An Worten, mächtiger Ratsherr, hats dir nie gemangelt!
Mit wilden Bestien führt man keine langen Reden.
Hast du vergessen, wie sie uns begossen haben?
CHORFÜHRERIN Wars recht und höflich, eure Nachbarinnen grundlos
Zu überfallen? Drum gebührn euch blaue Augen!
Ich säß ja lieber still daheim als ruhiges Mädchen,
Das Frieden hält und keinem Menschen was zuleidetut.
Doch der, der in ein Wespennest hineintritt, wird gestochen.
CHORFÜHRER Doch, Zeus, was solln wir jetzt mit diesen Drachen tun?
Ich halt das nicht mehr aus. Du mußt den ganzen Fall
Jetzt untersuchen, denn wie kommts, daß diese Fraun
Hier unsre Bergburg, die Akropolis Athens
Die unbezwingliche, bezwingen und besetzen?
(Zum Ratsherrn):
Befrage sie, bis du der Sache auf den Grund
Gekommen bist, verhör sie! Sonst machst du dich strafbar.
RATSHERR So will, bei Gott, ich von euch Fraun die Wahrheit hören!
Warum habt ihr uns aus der Burg hier ausgesperrt?
LYSISTRATA Das Geld zu schützen, daß ihr mit dem Geld nicht Krieg führt.
RATSHERR Ist denn das Geld der Grund des Kriegs?
LYSISTRATA Jawohl, und allen Unheils!
Eure Politiker und Streber nach der Macht,
Die hetzen euch zum Krieg und werden reich dabei.
Jetzt ist das Geld vor ihren Klauen sicher, und
Sie können machen, was sie wolln.
RATSHERR Und was wollt ihr?
LYSISTRATA Das fragst du noch? Das Geld verwalten fortan wir!
RATSHERR Den Kriegsschatz ihr?!
LYSISTRATA Und was hast du dagegen, großer Mann?
Verwalten wir denn nicht das Geld zuhause auch?
RATSHERR Das ist doch nicht dasselbe!
LYSISTRATA Nein? – Wieso denn nicht?
RATSHERR Wir müssen doch mit diesem Geld den Krieg führn!
LYSISTRATA Ich hör nur immer was von »Krieg-führn-Müssen«!
RATSHERR Wie können wir die Stadt und uns sonst retten?
LYSISTRATA Euch retten? – Das tun wir!

RATSHERR Ihr?
LYSISTRATA Ja!
RATSHERR Zum Lachen! Unsinn!
LYSISTRATA Ob euch das paßt, ob nicht, wir tun es!
RATSHERR Frechheit!
LYSISTRATA Auch wenn du brüllst, wir tuns auf jeden Fall.
RATSHERR Bei allen Göttern, das geht euch nicht durch!
LYSISTRATA Das ist schon durch: Ihr werdet *doch* gerettet!
RATSHERR Wenn ich aber nicht will?!
LYSISTRATA Dann umso sichrer.
RATSHERR *(zu den andern):* Sagt, was geht euch denn Krieg und Frieden an?
KALONIKE Sag ich dir gern!
RATSHERR Sags schnell, sonst gehts dir schlecht!
LYSISTRATA Dann hör uns zu und ball nicht gleich die Faust!
RATSHERR Verdammt! Ich muß! Ihr bringt mich so in Wut!
EINE ALTE FRAU Weg mit der Faust, sonst geht es dir noch schlecht.
RATSHERR Krächz nicht, du alte Krähe!
(Zu Lysistrata): Sprich doch du!
LYSISTRATA Ergebnen Dank! – Den ganzen Krieg hindurch,
Den ganzen langen Krieg lang haben wir,
Geduldig und vernünftig, wie wir Frauen sind,
Ertragen jeden Unsinn von euch Männern.
Wir mucksten nicht einmal, obwohls uns nicht gefiel.
Wir kannten euch zu gut und hatten oft gehört,
Wie dumm ihr spracht von ganz entscheidenden Dingen.
Da fragten wir euch manchmal, mühsam lächelnd:
»Sag, Liebster, habt ihr heut im Rathaus was
Beschlossen, wie man Frieden macht?« – Doch ihr,
Ihr brummtet nur: »Was geht das dich an?« und
»Schweig still!« Da schwieg ich.
ALTE FRAU Ich schwieg nie!
RATSHERR Dir wär's auch
Sehr schlecht bekommen, wenn du nicht geschwiegen hättst!
LYSISTRATA Ich hielt den Mund. Doch ihr beschloßt dann immer
Etwas noch Dümm'res, und ich saß und seufzte:
»Wie können die sowas Verrücktes tun?!«
Dann knurrtet ihr nur bös: »Du näh nur weiter!
Sonst wirst du wirklich Grund zum Jammern haben!
Denn: Krieg ist was für Männer!«
RATSHERR Ja. Das stimmt auch!

LYSISTRATA Es stimmt nur, daß bei dir etwas nicht stimmt!
Wollt ihr uns hindern, vor euch selber euch zu retten?
Wir hörten auf der Straße euch oft seufzend sagen:
»Gibts denn im Lande keinen Mann mehr?« – »Keinen!«
Sagt drauf der alte Narr, der mit euch geht.
Da haben nun zuletzt wir Frauen uns versammelt
Und uns entschlossen, Griechenland zu retten.
Wir warten nicht mehr: Jetzt hört ihr auf uns!
Wir sprechen jetzt, und ihr habt so zu schweigen
Wie bisher wir. Und wir sehn nach dem Rechten.
RATSHERR Ihr tut das? Unerträg ...
LYSISTRATA Nein, schweig! Kein Wort mehr!
RATSHERR Und so etwas sagt mir ein Weiberrock?!
Nein, lieber sterb ich! –
LYSISTRATA Wenns sonst nichts ist: Hier!
Nimm du den Weiberrock und halt den Mund!
Da, auch 'ne Spindel und ein süßer kleiner Wollkorb.
Jetzt schürz dich hoch und kratze Wolle, Liebste!
Und iß brav Bohnen: – »Krieg ist was für Weiber!«
CHORFÜHRERIN *(Zum Frauenchor):*
Laßt alles stehn und liegen, Fraun, wir wollen jetzt
Um unsrer Sache will'n den Schwestern an die Hand gehn.
(Sie stellen die Krüge auf die Bühne.)
FRAUENCHOR Nie soll im friedlichen Tanz noch im Kampf der Fuß mir ermatten,
Nie soll ich müde sein, nie das gelenke Knie mir einknicken!
Alles will ich wagen für solche tapferen Schwestern!
Schwestern so schön und klug, die ihr Land und den Frieden so lieben.
CHORFÜHRERIN Tapfere alte Fraun, dem Feind wie Brennesseln grimmig
Kommt, voll gerechten Zorns, und niemals gebt euch geschlagen,
Der Wind ist uns günstig!
LYSISTRATA *(wie im Gebet):* Doch hauche du, Gottheit der Liebe,
Unsere Brüste, unsere Hüften heut an,
Entfach die Begierde der Männer,
Angespannt laß sie sich sehnen nach süßer Lust,
Daß wir sie lenken können und alle Griechen
Uns rühmen müssen als die, die bringen den Frieden!
RATSHERR Sag uns, wie wollt ihr den Ruhm euch verdienen?
LYSISTRATA Zuerst mal

Bringen wir den Soldaten bei, nicht wie die Irren, bewaffnet
Den Markt zu stören!
KALONIKE Jawohl, so helf uns die Liebesgöttin!
LYSISTRATA Du kannst sie sehen: sie laufen herum bei den Ständen
Wie rasende Wilde!
RATSHERR Soldat ist Soldat: Sie können doch nicht so wie Fraun sein!
LYSISTRATA Soldat ist Soldat! Meiner Treu! Und um Heringe handeln!
MYRRHINE Das ist doch zum Lachen, ich sah einen Reiter, 'nen Edlen,
Der saß hoch zu Pferd und hielt einer alten Marktfrau den Helm hin,
Dem tat sie gebackene Eier hinein!
Und ein zweiter, einer vom Norden,
Schüttelte wild seinen Spieß, bis die Obstfrau davonlief,
Und dann fraß er die reifsten, süßesten Feigen ihr weg.
RATSHERR Aber wie wollt ihr all das und die Kriegsparteien entwirren?
LYSISTRATA Ganz einfach.
RATSHERR Wie?
LYSISTRATA Genau so wie die Wolle.
Wenn sie verfilzt ist, ziehn wir Fäden auseinander,
Den hin, den andern her, – so strählen wir den Krieg auf,
Wir schicken hin und her Gesandte, bis wir
Des Krieges Fäden auseinanderlegen,
Mit eurer gütigen Bewilligung.
RATSHERR Du meinst, du kannst den Krieg wie Wolle lösen,
Wie Fäden?! – Kleine Närrin, du! Du spinnst!
LYSISTRATA Hättst du Verstand, du sähst, daß Politik sich
Glatt regeln läßt wie wir die Wolle glätten.
RATSHERR So sag doch, wie?
LYSISTRATA Wie Wolle erst befreit sein muß vom Schmutz,
Von Dreck, von Kletten und von Ungeziefer,
So müßt ihr auch die Stadt vom Schmutz erst säubern.
Die Amt- und Würdenträger müßt ihr pflücken
Von ihrem sichern Platz, reißt ab die Köpfe
Der Kletten und der Blutsauger und Bremsen.
Dann macht ihr eine feste starke Strähne
Aus gutem Hausverstand, macht einen Ball draus,
Da tut auch Freunde mit hinein, und Fremde,
Sogar die ohne Schuld zu Schuldnern wurden.
Und auch die Tochterstädte von Athen
Seht an als weiter fort verstreute Fäden.

Sie liegen auf Sizilien und in Asien
Wie losgelöste Flocken eurer Wolle.
Die sammelt ein, und die vermengt dann gut,
Und spinnt dann aus dem ganzen einen Faden,
Den spult ihr auf und macht draus einen Stoff,
Der kleidet gut das Volk und die ihm raten ...!
RATSHERR Ihr Weiber rupft und klopft und spinnt drauflos
Und habt euch ganz in Traumgeweb versponnen!
Der wahre Krieg geht euch doch gar nichts an.
LYSISTRATA Nein, nur dein falscher Krieg, du ganz Verfluchter!
Wir Fraun, wir leiden an dem Krieg am meisten!
Doppelt und dreifach: Wir gebären Kinder,
Wir ziehn sie auf ... und lassen sie dem Krieg dann!
Erst unlängst euer Feldzug in Sizilien ...
RATSHERR Nein, bitte schweig von diesem unsern Unglück!
LYSISTRATA Und unsre Jugend wolln wir gern genießen,
Doch einsam ist das Bett, das uns der Krieg macht.
Die Männer alle fort. – Wir Fraun ertragen's grad noch.
Doch was wird aus den Mädchen ohne Männer?
Die werden einsam alt, allein im Bett.
RATSHERR Auch Männer altern.
LYSISTRATA Nicht wie Fraun! Ein Mann, der
Grauhaarig heimkommt, findet noch ein Mädchen.
Doch eine Frau hat keinen zweiten Frühling.
Ihr kehrt die Zeit nicht wieder, keiner will sie.
Ihr hilft kein Liebestrunk und kein Orakel ...
RATSHERR *(selbstgefällig):*
Ja, ja: Solang ein Mann noch seinen Mann steht,
Gibt er den Fraun was vor ...
LYSISTRATA *(wütend):*
Steht? Steht? Du leg dich, dreckiger alter Hund, du!
Und gib nichts vor, nein, leg dich gleich ins Grab!
Kauf dir 'nen Sarg. Ich schenk dir Grabbeigaben!
Ich stopf dein Maul mit Münzen für den Fährmann,
Daß er dich sicher in die Hölle rudert ...
Den Honigkuchen für den Höllenhund,
Damit er dich nicht beißt, den brauchst du gar nicht:
Dem graust vor einem alten Aas wie dir!
Doch da, da hast du einen frischen Kranz!
(Sie begießt ihn mit Wasser.)
KALONIKE Und auch von mir! *(Begießt ihn ebenfalls.)*

MYRRHINE Von mir für deinen Kopf! *(Gleichfalls.)*
LYSISTRATA Noch immer stehst du?! Worauf wartest du noch?
Dein Totenschiff ist da! Der Fährmann ruft dich!
Du stiehlst ihm seine Zeit!
RATSHERR Das ist Verrat, wie man mit mir hier umgeht!
So richten die mich zu. Ich hab genug:
In diesem Aufzug geh ich mich beklagen
Bei meinen Ratskollegen! Die sollns sehn!
LYSISTRATA Beklagst du dich? – Willst richtig aufgebahrt sein?
Das holen wir noch nach! – Laß uns nur Zeit.
(Frauen ab, Ratsherr wütend nach der anderen Seite ab.)
CHORFÜHRER Keine Zeit, herumzusitzen!
Das erträgt kein freier Mann!
Werft die Mäntel ab, ihr Freunde,
Denn es ist jetzt Zeit zur Tat!
MÄNNERCHOR Schlimmeres noch steckt dahinter.
Ja, das riecht nach Tyrannei!
Und vielleicht hat nur der Erbfeind
Diese Weiber aufgehetzt!
Oder kam bei Nacht aus Sparta
Ein Agent und brachte Geld?
Diese Weiber sind bestochen
Oder sind verführt und dumm!
Uns den Staatsschatz wegzunehmen,
Hinterlistig, das ist arg!
Wovon sollen wir denn leben?
Ganz zu schweigen von dem Krieg?!
CHORFÜHRER Scheußlich, daß Weiber uns Bürgern was vorschreiben wollen.
Mit ihrem Kreischen und Prahlen mit Helmen und Schilden,
Wolln den Spartanern schöntun um Frieden in unserem Namen,
Diesen Spartanern, denen man trau'n kann wie reißenden Wölfen!
Was steckt dahinter? Ein Plan, uns die Freiheit zu rauben?
Uns? Im freien Teil Griechenlands! Wartet nur, wartet!
Tapfer will ich den Dolch auf dem Marktplatz versteckt fortan tragen.
Denn diese Spinnerinnen bedrohn meine Freiheit und Rente,
Wenn sie das Geld, auf dem alles beruht, konfiszieren!
Große Taten, die werde auch ich noch vollbringen,
Aber zunächst schlag ich dieser alten Hexe das Maul ein.
CHORFÜHRERIN *(Erwidert die Drohung.)*
Schau, daß dich deine Mutter erkennt noch, wenn man dich heim bringt!

Aber, ihr Schwestern, wir machen uns endlich jetzt Luft.
CHOR DER FRAUEN Ihr Städter, höret nun ein wohlgemeintes Wort:
Das nützt der Stadt, die das verdient, denn sie erzog mich.
Als Kind schon hat sie mir sehr viel gegeben und
Als kleines Mädchen mich den Gottesdienst gelehrt,
Im grünen Kranz, im langen Kleid, im heiligen Reigen.
CHORFÜHRERIN Drum dien ich jetzt der Stadt sehr gern mit gutem Rat.
Daß ich nur eine Frau bin, ist nicht meine Schuld.
Ich biet euch Bessres, als ihr alle Tage hört
Und steure bei zum Krieg durch Söhne, die ich trug.
Doch ihr, was steuert ihr bei, alte Knacker, ihr?!
Ihr freßt den Staatsschatz auf, den uns die Väter ließen!
Aus eignem steuert ohnehin ihr gar nichts bei.
Ja, ihr seid schuld, wenn nächstens wir zugrunde gehn!
Was brummt ihr noch? Du, komm mir nur zu nah!
Mit meinem Holzschuh schlag ich dir dein Maul kaputt!
CHORFÜHRER Das ist doch eine Frechheit, in der Tat!
Und immer ärger treiben sie es noch!
Kein Mann, der noch ein Mann ist, duldet das!
Herunter mit den Kleidern! Männer, zeigt, daß ihr
Noch ganze Männer seid, und macht euch frei zum Kampf:
Denn unbeengt vom Scheitel bis zur Sohle sei der Mann!
MÄNNERCHOR Bedenkt, wie wir
Einst Kampfgenossen waren
Im großen Freiheitskrieg
In jungen Jahren!
Und nun ists Zeit:
Nun müssen wir in Schwung sein!
Werft ab des Alters Kleid!
Wir müssen wieder jung sein!
CHORFÜHRER Gibt man den Weibern 'nen Finger: Sie packen die ganze Hand.
In unsern männlichen Kämpfen halten sie uns bald Stand.
Die baun noch Schiffe und segeln und tränken es uns bald ein.
Wenn die aufs Roß erst kommen, wer möcht noch Reiter sein?
Am besten, wir binden sie an,
Ihr Größenwahn wird sonst zu groß.
Ein tüchtiger Mann, der steckt dann
Ihnen doch noch Vernunft in den Schoß.
CHORFÜHRERIN Bring mich nicht in Wut, sonst laß ich

Meine Wildsau los! – Dich faß ich,
Daß du zu den Nachbarn eilst
Und voll Angst um Hilfe heulst!
Ich kämm' dich aus, du Laus! – Herunter, nun, ihr Frauen,
Mit euren Kleidern, zeigt das ganz genau:
Daß unbeengt vom Scheitel bis zur Sohle sei die Frau!

CHOR DER FRAUEN Greif nur ein Mann mich jetzt an, der hat
Zum letzten Mal sein Gemüse gegessen!
Und hat zum letzten Mal seine Zunge benetzt!
Kommt so ein Lästermaul, kann es nicht schweigen,
Seht meine Galle, meine Galle will steigen!
Kommt nur, ich lasse an euch nicht ein Härchen,
Euch gehts dann so, wie dem Adler im Märchen,
Dem nahm der Käfer die Eier zuletzt!

CHORFÜHRERIN Wenn Lampito mit mir ist und die edle Ismenia aus Theben,
Dann könnt ihr zum Teufel gehn und habt keine Stütze an mir.
Ihr könnt siebenfach eure Gesetze und Vorschriften geben!
Aber alle Welt haßt euch: Wer will für euch Krieg führen hier?!
Euer mannhafter Kampf stinkt nur nach Leichen bei Tag und bei Nacht!

Ende des ersten Teils

3. Szene

(Die beiden Chöre. Aus der Burg kommt Lysistrata, dann mehrere Frauen.)

CHORFÜHRERIN Erlauchte Führerin des kühnsten Unternehmens,
Was schreitest du einher so düstern Angesichts?

LYSISTRATA Der Frauen lüsterne Natur und schamlos Treiben
Betrübt mein Herz, das treibt mich ruhelos hin und her.

FRAUENCHOR Was sagst du da?

LYSISTRATA Ach, leider ist es wahr.

CHORFÜHRERIN So künd' es deinen Schwestern, große Königin!

LYSISTRATA Oh, schändlich ist die Mär, doch Schweigen ärger noch!

CHORFÜHRERIN So sag uns, welches Übel hat uns da ereilt?

(Lysistrata ändert ihren tragischen Ton.)

LYSISTRATA Na, kurz gesagt: Die Fraun sind alle mannstoll!

FRAUENCHOR Oh Zeus, oh Zeus, oh Zeus!
LYSISTRATA Was ruft ihr Zeus? So ist es nun einmal.
Ich kann sie gar nicht mehr beisammenhalten:
Die Biester schlüpfen fort zu ihren Männern
Oder zu ihren Liebsten: Eine fand ich
Die bohrte grad ein Loch sich durch den Boden.
Die zweite wollt' hinabklettern am Seil
Die dritte desertierte auf Patrouille,
Und eine vierte zog ich gestern grad noch
Am Haar zurück: Sie wollte wie die Spatzen
Über die Mauer: Lauter flügge Vöglein!
Was die nicht alles tun, um wegzukommen!

(Eine Frau tritt auf.)

LYSISTRATA Da, wieder eine! – du, wohin?
1. FRAU Nur schnell nach Haus:
Ich hab feinste milesische Wolle zu Haus vergessen
Die fressen mir die Motten.
LYSISTRATA Du kriegst selbst die Motten!
Läufst du uns weg?
FRAU Gott, gleich komm ich ja wieder.
Ich möcht nur ausbreiten ... auf meinem Bett ...
LYSISTRATA Ausbreiten auf dem Bett? Nein, hiergeblieben!
FRAU Und meine Wolle?!
LYSISTRATA Die zupf dir selber aus! –

(Zweite Frau kommt.)

2. FRAU Oh Gott, oh Gott!
Ich habe meinen Flachs allein daheimgelassen, ungehechelt!
LYSISTRATA Was flaxt du da? Dir eilt's wohl sehr mit Hecheln?
Zurück da!
2. FRAU Doch ich schwör dir's bei der Göttin:
Wenn er gebrochen ist, gleich bin ich wieder da!
LYSISTRATA Verzicht aufs Hecheln! Wenn das einmal anfängt,
Dann wollen auch die andern gleich dazu.

(Dritte Frau kommt heraus.)

3. FRAU Ich krieg ein Kind, ich krieg ein Kind! Oh, Göttin,
Halt meine Wehen auf, bis ich ein Bett find!
LYSISTRATA Was schwatzt du da?
3. FRAU Ich hab die Weh'n.
LYSISTRATA Was? Gestern
Warst du noch nicht mal schwanger.
3. FRAU Doch heut bin ichs!

Um Himmels will'n, Lysistrata, laß mich
Nach Haus, zur Hebamme.

(Lysistrata untersucht sie.)

LYSISTRATA Was du nicht sagst!
Was hast du da so Hartes?
3. FRAU Einen Jungen!
LYSISTRATA So wahr die Göttin lebt, dein Kind klingt hohl
Und wie Metall. –
Gleich werden wir es haben!

(Sie zieht einen Helm heraus.)

Da hast du ihn! Ein kerngesunder Helm!
Er lacht dich an! So bist du also schwanger?
3. FRAU Beim Zeus, das bin ich.
LYSISTRATA Und wozu der Helm?
3. FRAU Ich hab ihn mitgebracht, falls ich das Kind
Hier in der Burg krieg, daß ichs in den Helm leg,
Wies Tauben tun ins Nest.
LYSISTRATA Nichts als Betrug! Du bleibst
Und wartest, bis dein Helm von selber laufen kann!
3. FRAU Nein; in der Burg krieg ich kein Aug mehr zu,
Ich sah die heilige Schlange und bin schlaflos!
2. FRAU Und ich, ich sterbe bald noch an Erschöpfung:
Die Eulen schrei'n »Schuhu« die ganze Nacht.
LYSISTRATA Hört auf zu lügen! Ihr wollt eure Männer!
Doch glaubt ihr, *die* liegen nicht wach bei Nacht?
Auch ihnen ist die Nacht lang ohne euch.
Drum haltet durch, ihr Lieben, gar nicht lange mehr,
Denn das Orakel sagt, wir werden siegen.
3. FRAU Ja? Das Orakel? Was hat es gesagt?
LYSISTRATA Seid still, dann sag ichs euch: –
Wenn sich die schüchternen Schwalben versammeln in tapferer Eintracht
Und vor dem geilen Wiedehopf fliehn und sich keusch sein enthalten
Dann ist die Not zu Ende und Zeus kehrt unterst zu oberst.
2. FRAU Das heißt, wir liegen oben auf den Männern?
LYSISTRATA Doch wenn die Schwalben entzweit entfliehn dem heiligen Orte,
Wird alle Welt sie beschimpfen wie keinen der anderen Vögel!
Unflätig wird man sie nennen und geil und voll wechselnden Launen.
Der Spruch ist klar genug für ein Orakel.
Drum, liebe Fraun: Wir müssen standhaft bleiben.

Wir würden nie sonst diese Schande los,
Den Wahrspruch des Orakels zu verraten
Und preiszugeben den versprochnen Sieg.

(Lysistrata mit den Frauen ab.)

CHOR DER MÄNNER Hört, ich erzähl euch ein Märchen,
Das hab ich als Knabe gehört:
Es war einmal ein Jüngling,
Der hieß Melanion;
Der wollte keine Frau haben
Und ist drum in die Wildnis geflohn.
Er wohnte in Wäldern und Höhlen.
Er machte sich Pfeile und Netze.
Er hat Füchse und Hasen gejagt,
Er hielt sich auch einen Jagdhund,
Aber niemals eine Magd.
Und niemals kam er hinab nach Haus,
Denn aus Frauen, da machte er sich nichts draus.
Denn er fand sie ekelhaft, dumm und leer.
Und wir wollens halten grad so wie er
Und wolln klug wie Melanion sein!
CHORFÜHRER Alte, willst du von mir einen Schmatz?
CHORFÜHRERIN Dann brauchst du nachher einen Zahnersatz!
CHORFÜHRER Oder willst du von mir einen Tritt?
ALTE FRAU Lieber geb ich dir einen mit! –
Ganz verwahrlost kommt ihr her,
jeder wie ein Zottelbär!
CHORFÜHRER Mancher Held ist stark behaart,
Weil sich Kraft so offenbart.
FRAUENCHOR Für euer Melanion-Märchen nehmt dies
Von einem Athener, der Timon hieß:
Der kannte die Männer Athens so gut,
Daß er bissig wurde und voller Wut.
Und zuletzt hatte er euch Athener so satt,
Daß er die Stadt verlassen hat.
Er baute sich mitten im Wald sein Haus.
Doch die Frauen kamen zu ihm hinaus.
Euch Männer hat er nur noch verflucht,
Doch eure Frau'n haben ihn besucht.
Denen war er in Liebe zugetan:
Von euch Männern durfte ihm keiner nah'n.
CHORFÜHRERIN Willst du eine ins Gesicht?

CHORFÜHRER Danke, nein, das will ich nicht.
CHORFÜHRERIN Soll ich das Bein heben, dich zu treten?
CHORFÜHRER Dann seh ich dein Unkraut und will es jäten.
CHORFÜHRERIN Nein, das ist nicht wahr!
Bei mir siehst du kein Haar.
Denn sauber halt ich mich.
Doch das gilt nicht für dich!

4. Szene

(Die beiden Chöre, Lysistrata, Myrrhine.)

LYSISTRATA Ihr Frau'n, geschwind! Schaut alle her!
KALONIKE Was gibts? Was schreist du so? Wir kommen schon.
LYSISTRATA Ein Mann, ein Mann, da kommt ein Mann gelaufen!
Man sieht ihm an, daß er vor Liebe krank ist. –
Oh Liebesgöttin, hilf uns: mach sie alle so! –
Dann dauert unsre Not nicht lange mehr.
MYRRHINE Doch wer kann das nur sein?
LYSISTRATA Erkennt ihn eine?
MYRRHINE Ach, du meine Güte!
Das ist mein Mann, Kinesias; ja, das ist er!
LYSISTRATA Ja? Dann mußt du ihn tüchtig drehn am Bratspieß.
Ermutige ihn! Lieb ihn und lieb ihn nicht! –
Tu alles, was nicht unser Schwur verbietet.
MYRRHINE Verlaß dich drauf!
LYSISTRATA Ja, und ich helf dir, Liebe!
Ich bleibe hier und mach ihn richtig heiß. –
Ihr andern, geht.
(Die Frauen gehen zurück. Kinesias, der ein kleines Kind trägt, tritt auf.)
KINESIAS Wie furchtbar, diese Qual!
Die Zuckungen und Wallungen, der Andrang
Des Bluts, als reckte man mich auf der Folter!
LYSISTRATA Wer da in unsrer Postenkette?! – Halt!
KINESIAS Nur ich.
LYSISTRATA Ein Mann?
KINESIAS Ein Mann? Und ob!
LYSISTRATA Dann pack dich!

KINESIAS Wer bist du, Frau, die mich verjagt?
LYSISTRATA Die Wache.
KINESIAS Dann flehe ich dich an, ruf mir Myrrhine!
LYSISTRATA Ruf dir Myrrhine? Und wer bist denn du?
KINESIAS Ich bin ihr Mann, ich bin Kinesias.
LYSISTRATA Ah! Dann bist du willkommen! Das bist du!
Dein Name ist berühmt bei uns, berühmt!
Denn immer führt dich deine Frau im Mund.
Wenn sie ein Ei ißt oder eine Flasche
An ihre Lippen setzt, seufzt sie: Kinesias!
KINESIAS Ja?! Wirklich?
LYSISTRATA Ja. Wirklich. Und wann immer von den Männern
Die Rede ist, dann sagt sie: »Alle Männer
Sind Lumpen, außer mein Kinesias!«
KINESIAS O, bitte, hol sie her!
LYSISTRATA Was gibst du mir?
KINESIAS Was du nur willst ... Soviel ich bei mir habe.
Da: Nimm nur alles!
LYSISTRATA Gut, ich geh und ruf sie dir! *(Ab.)*
KINESIAS Mach schnell! –
Mich freut das Leben nicht mehr, seit sie fort ist.
So oft ich heimkomm in das leere Haus
Scheint alles ausgestorben, ich muß weinen.
Das beste Essen schmeckt nicht. – Ich will sie!
MYRRHINE *(Hinter der Szene):*
Ja, ja, ich lieb ihn, lieb ihn. Aber er will
Ja mich nicht. Ruf mich nicht hinaus zu ihm.
KINESIAS Wie meinst du das? Myrrhine, Süße, Süße, Liebste!
Komm doch! Oh komm!
MYRRHINE Zu ihm? Nicht ums Verrecken!
KINESIAS Ich ruf dich, Liebste! Warum kommst du nicht?
MYRRHINE Ach, ja, du rufst mich; doch du willst mich gar nicht.
KINESIAS Ich will dich nicht? Ich sterbe fast vor Sehnsucht!
MYRRHINE Leb wohl.
KINESIAS Wart, Liebste! Hör doch auf dein Kind!
(Leise, kneift das Kind):
Da, kleines Miststück, du, ruf deine Mutter!
(Kind brüllt.)
KINESIAS Hast du denn gar kein Herz für unsern Jungen?
Tut dir nicht unser armes Kleines leid?
(Kind brüllt lauter.)

KINESIAS Sechs Tage ungewaschen und ganz hungrig!
MYRRHINE Mir tut er sehr leid. Dir tut er nicht leid.
KINESIAS Dann komm doch her, Geliebte! Nimm ihn doch!
MYRRHINE Ach, Mutter sein! Oh, Gott, ich muß zu ihm!
KINESIAS Sie sieht noch jünger und noch schöner aus! –
Und wie sie zornig ist und selbstbewußt,
Das ist ganz groß! Ich komm fast um vor Liebe!
MYRRHINE *(Reißt ihm das Kind weg):*
Du süßes Kind! Wenn auch dein Vater bös ist.
Mein Liebstes, gib der Mama einen Kuß!
KINESIAS Warum behandelst du mich so, du Ekel?
Dich haben diese Drecksweiber verführt! –
Du machst mich unglücklich, dich selber auch!
MYRRHINE Weg mit der Hand! Du laß mich nur in Frieden!
KINESIAS Und unser schönes Heim, deines wie meines!
Geht das zugrunde?
MYRRHINE Das ist mir egal.
KINESIAS Egal? Die Hühner sind ins Haus gekommen,
Zerfleddern deine ganze Webearbeit!
MYRRHINE Mir gleich.
KINESIAS Und deine ehelichen Pflichten,
Der Liebesgöttin schönes nächtliches Opfer?
So lang versäumt? Willst du nicht kommen, Liebste?
MYRRHINE Nein, erst wenn ihr dem Krieg ein Ende macht
Und alle Freundschaft schließt, dann komm ich wieder.
KINESIAS Nun gut. Wenn du das willst, tun wir auch das.
MYRRHINE Nun gut, wenn du das willst, komm ich auch heim.
Doch jetzt noch nicht; ich hab geschwor'n. Ich kann nicht.
KINESIAS Doch küß mich! So lang hatt' ich keinen Kuß!
MYRRHINE Da. *(Küßt ihn.)*
KINESIAS Oh, Geliebte! Komm gleich jetzt mit mir!
MYRRHINE Nein. – Doch das heißt nicht, daß ich dich nicht liebe.
KINESIAS Wenn du mich liebst ... warum nicht ... hier vielleicht?
MYRRHINE Du Esel! Mit dir schlafen vor dem Kind?
(Er legt das Kind weg.)
KINESIAS So. Er ist weg. Jetzt komm, leg dich zu mir.
MYRRHINE Doch Liebster, wo?
KINESIAS Die Grotte dort. Ganz schön.
MYRRHINE Und meinen Schwur brech ich für dich, du Sünder?
KINESIAS Ich nehms auf meinen Kopf. Da sorg dich gar nicht!
MYRRHINE Aber wir brauchen doch ein Bett?! Ich hol eins.

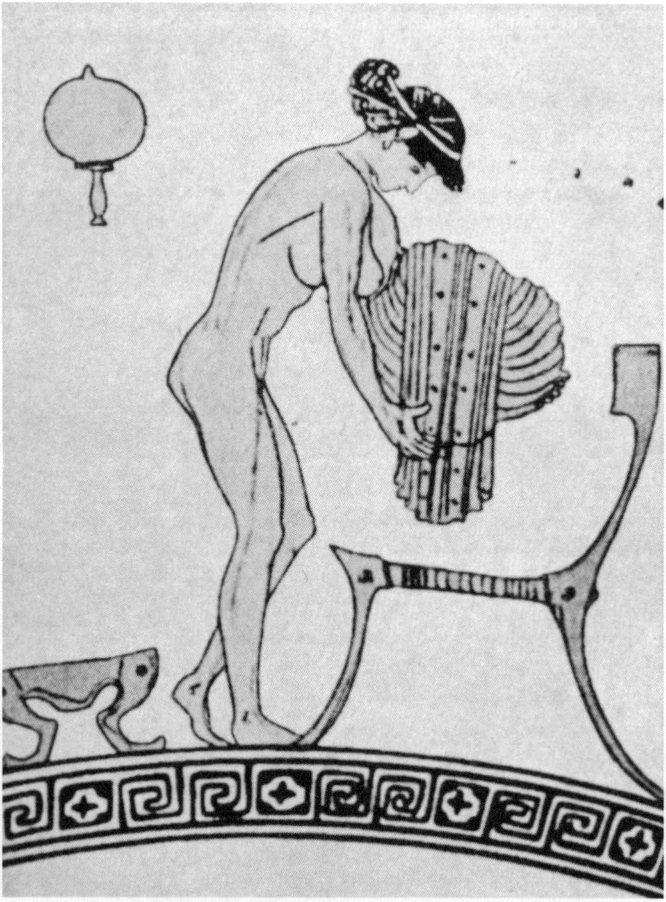

Sich zum Bade entkleidende Frau

KINESIAS Es geht doch auch am Boden!
MYRRHINE Nein, Geliebter.
Ich laß dich doch nicht schmutzig werden. Wart nur. *(Ab.)*
KINESIAS Jetzt glaub ich steif und fest, sie liebt mich doch!
(Myrrhine mit Bett zurück.)
MYRRHINE Komm! Leg dich hin, mach schnell! Ich zieh mich aus. –
Oh Gott! Da fehlt uns doch noch die Matratze.

KINESIAS Wozu? Ich brauch die nicht!
MYRRHINE Das ist zu hart sonst.
KINESIAS Komm, küß mich.
MYRRHINE Da. *(Küßt ihn und läuft fort.)*
KINESIAS Du Teufel! Komm zurück!
(Myrrhine kommt mit der Matratze zurück.)
MYRRHINE So. Leg dich hin. – Jetzt ziehe ich mich aus. –
Du meine Güte! Wo ist denn das Kissen?
KINESIAS Ich brauch doch gar kein Kissen!
MYRRHINE Aber ich! *(Läuft fort.)*
KINESIAS *(Blickt an sich herunter.)*
Man läßt uns darben! – Vorbereitungen
Als kämen alle Götter zu Besuch!
MYRRHINE *(Kommt mit Kissen.)*
Heb' deinen Kopf hoch, Liebster!
KINESIAS Jetzt klappt alles.
MYRRHINE Ja? Nichts mehr fehlt?
KINESIAS Nur du fehlst, Schatz! Mach schnell!
MYRRHINE Ich zieh mich ja schon aus ... Nur du, vergiß nicht,
Was wir vom Frieden sagten! – Du hältst Wort?
KINESIAS So wahr ich lebe!
MYRRHINE Ach? Noch keine Decke!
KINESIAS Ich will ja keine Decke, ich will *dich*!
MYRRHINE Gleich bin ich da! *(Ab.)*
KINESIAS Sie bringt mich um: »'ne Decke!«
MYRRHINE *(Kommt mit Decke oder Schafspelz.)* So! Steh jetzt auf.
KINESIAS Ich steh!
MYRRHINE Nur noch Parfüm!
KINESIAS Doch nicht für mich!?
MYRRHINE Doch, doch! Du sollst gut riechen! *(Ab.)*
KINESIAS Herrgott! Laß sie die Flasche doch zerbrechen!
MYRRHINE Jetzt halt die Hand auf und verreib es schön.
KINESIAS Schon gut. – Mein Gott, das stinkt ja ...!
MYRRHINE Wie dumm von mir, das billige Zeug aus Rhodos!
KINESIAS Das langt doch!
MYRRHINE Nein! *(Ab.)*
KINESIAS Mir stinkt auch dieser Aufschub!
Der Teufel hole diese Schönheitskrämer!
MYRRHINE Da hab ich was für dich! *(Gibt ihm die Flasche.)*
KINESIAS Komm lieber her!
Da hab ich was für dich!

MYRRHINE Gleich, Liebster, gleich!
Ich zieh die Schuh aus ... Doch, Kinesias, du!
Den Frieden, den vergißt du nicht!
KINESIAS Ach, den? –
Das findet sich schon noch!
(Sie läuft weg.)
– Verdammt! Jetzt ist sie weg!
Betrogen hat sie mich und stehen lassen. –
Die schönste Frau der Welt! – Was tu ich nur?
Ich brauch doch irgendwas! – Und dann, das arme Kind.
Als wär's verwaist; wer soll sich um ihn kümmern?
(Wütend, laut):
He! Einen Kuppler! – Das ist dringend: Schick mir
Aus dem Bordell gleich eine Amme ins Haus!
CHOR DER MÄNNER Wie du mir leid tust, du armer, erregter Mann!
Furchtbar getäuscht und kummergebeugten Herzens!
Niedergeschlagen, bedrückt, obwohl sich doch alles dir aufbäumt!
Ach, wie ertragens die Nieren im Leib? Jedes Glied fühlt
Ausgesperrt, arbeitslos sich, betrogen und unnütz,
Wenn morgens das Auge umsonst sich umsieht nach dem, was zu tun wär!
KINESIAS Oh, die furchtbare nutzlose Spannung in all meinen Gliedern.
CHOR DER MÄNNER Und das hat sie, du Guter, dir getan!
Die Eklige, die Abstoßende ...
KINESIAS Schweigt!
Ihr kennt sie nicht, wenn ihr sie so beschimpft.
Ihr selbst seid schuld an meinem Mißgeschick,
Mit eurem dummen Krieg, der überall
Nur Unglück sät und Streit, wo Glück sein könnte.
Die Frauen haben recht, das seh ich jetzt,
Daß sie von euch sich nichts mehr bieten lassen.
Was schert mich euer jammervolles Fluchen:
Ich stimme jetzt für Frieden und Myrrhine,
Die süßeste, die hinreißendste Frau!
CHOR DER MÄNNER Die Süßeste?! – Das ganz verworfene Weib?!
O Zeus, Gottvater der Männer!
Packe sie!
Reiß sie von unten hoch,
Wie der Wirbelwind!
Drehe sie um und um

Unter Blitzen und Donner! –
Dann aber laß sie fallen
Aus allen Wolken
Herab auf die Spitze
Unseres alten
Knorrigen
Stammbaums!

EIN MANN Kinesias, bleib! – Ihm nach! – Ein ernstes Wort mit dir!
Gilt deine Liebe mehr als unsre Sache hier!?

EIN ZWEITER MANN Ja, sprecht mit ihm; doch denk und fühl ich schon wie er:
Soviel der Krieg uns galt, die Liebe gilt viel mehr.

(Alle ab.)

5. Szene

(Lysistrata, Lampito, Chor.)

LYSISTRATA Halt! – Halt! Wer da?

LAMPITO Wer, glaubst denn? Kennst mi' nimmer?!

LYSISTRATA Lampito! Schwester! – Schon zurück aus Sparta?
Wie steht es dort?

LAMPITO Gut stehts, Lysistrata; gut stehts. *(Lacht):*
Und stehn is überhaupt das rechte Wort:
Die Männer stehn nur so herum, verzweifelt,
Sie reden nix vom Krieg mehr, nur noch davon,
Auf was ein jeder steht.

LYSISTRATA Und worauf stehn sie?

LAMPITO Das weißt du doch! – Auf was ganz Sparta steht. –
Und weil sie so drauf stehn, stehn's jetz' auf Frieden.
Sie ham auch schon a G'sandschaft hergeschickt,
Die Frieden machen soll. Da bin ich g'laufen,
Damit ich früh'r bei euch bin.

LYSISTRATA Du! – Wie schön!
Bisher hat alles immer nur geredet
Von Spartas Männern, wie die kämpfen können,
Wie hart sie sind. – Ab heute aber wird
Man rühmen: Eure Fraun sind noch viel härter!

LAMPITO Ja, ja, wir Fraun ham's ihnen hart gemacht.
So harte Tage und so harte Nächte
Ham unsre Männer sonst noch nie gehabt.
Wir ham gesiegt, auch wenn es hart auf hart ging.
Aber wie stehts mit eueren Athenern?
LYSISTRATA Auch wir haben die unsern scharf gemacht
Und ausgehungert. Glaube mir, Lampito:
Wir bringen es zustand. Des Friedens Sache
Steht besser als sie jemals stand: Jetzt trägt sie
Nicht nur der Frauen bitterer Schwur, nein, auch
Die angespannte Kraft der Männer, die
Ihr eigenes hartes Los verbessern wollen
Und steif und fest jetzt für den Frieden stehn.

(Sie lachen.)

LAMPITO Lysistrata, du müßtest die nur sehn jetzt!
Unsere Mannsbilder in Sparta alle:
Die Speere ham sie alle aufgerichtet,
Nicht für den Krieg, nein, ganz im Gegenteil ...
Und was sie hoffen, ist was *wir* auch hoffen.
LYSISTRATA Auch unsre Ratsherrn, Feldherrn und Soldaten,
Die stehn dazu jetzt anders als sie standen,
Als sie noch hofften auf den Stellungskrieg.
Glaub mir, sobald eure Gesandtschaft da ist,
Stelln alle Männer diese Friedensfrage scharf,
Weil die zum ersten Male einsehn müssen,
Daß jetzt ihr eigenes Glück in ihrer Hand liegt.
LAMPITO Nur wie die auf uns Frauen schimpfen, das brauch
Ich dir net sagen.
LYSISTRATA Laß sie ruhig schimpfen.
Das ist der Sieg, sie müssen Frieden machen.
Komm mit! Wir sagen das den andern Fraun! *(Beide ab.)*
CHORFÜHRER So wild und so gefährlich wie das Weib ist nichts
Auf dieser Welt: Kein Panther, keine Feuersbrunst!
CHORFÜHRERIN Wenn du das weißt, was kämpfst du gegen mich, du Narr!
Wenn du vernünftig bist, dann wolln wir Freunde sein!
CHORFÜHRER Nein: »Alle Weiber haß ich jetzt mein Leben lang!«
CHORFÜHRERIN Gut, wie du willst, und doch, du tust mir leid,
Dich so zu sehn, so hilflos und so traurig.
Die Frauenschürzen kleiden euch nicht gut!
Und wenn die Windeln und die Flaschen auch noch

Dieselben sind, die wir den Kindern gaben,
Sagt, könnt ihr das auch gut genug, ihr Ärmsten?
Und außerdem, wie seht ihr aus, verwahrlost!
Was hast du da am Aug? Das könnte leicht noch
Von euch auch auf die armen Kinder übergehn.
Komm her, zeig, was du hast, ich will dir helfen.
CHORFÜHRER Gut! Das hätt ich dir gar nicht zugetraut.
CHORFÜHRERIN Und hättst du vorhin nicht uns Frauen so beschimpft,
Ich hätt dir längst die Zecke abgeklaubt,
Die da an deinem Aug sitzt und dich quält.
CHORFÜHRER Ja, bitte, nimm sie weg, sie beißt mich schon
Weiß Gott wie lange.
CHORFÜHRERIN Also gut, ich tu's.
Da siehst du: Eine Zecke, groß und dick!
CHORFÜHRER Als ob sie einen Brunnen graben wollt',
Hat die in mir gebohrt! – Jetzt ist mir wohl.
Nur Tränen kommen noch aus meinem Aug! –
CHORFÜHRERIN Ich wisch dirs ab, auch wenn dus nicht verdienst,
Und wenn ihr Frieden schließt, wie wir das wolln,
Dann machen wir das Leben euch auch schön
Auf manche andre Art. Vergiß das nicht!
Ich küß dich auch!
CHORFÜHRER Das laß nur!
CHORFÜHRERIN Dann erst recht! *(Küßt ihn.)*
CHORFÜHRER Schmeichelst meinem Appetit?
Nein, bleib mir vom Leib!
Ja, drum heißts: *»Es geht nicht mit
Und nicht ohne Weib«.*
Doch von heut an wollen wir
Frieden schließen nun:
Daß uns nichts mehr antut ihr
Und wir euch nichts tun,
Stehn einander wir zur Seit,
Darum singen wir zu zweit:
CHOR Viel geschimpft und viel gescholten
Haben wir in langen Jahren
Aber nun wird nichts »vergolten«!
Nun gilts Freundschaft zu bewahren.
Drum von Zank mehr keine Spur,
Sondern Liebe, Gutes nur.

Alles wollen wir euch geben,
Was wir haben, sollt ihr teilen.
Doch wir haben kaum zu leben,
Erst der Frieden wird das heilen.
Drum von Krieg mehr keine Spur,
Sondern Freundschaft, Hilfe nur.

Doch der Liebe große Freuden
Mögen alle immer gern.
Auch wenn sonst wir Mangel leiden
Aufsteigt unsrer Wonnen Stern:
Schließet erst den Frieden nur,
Dann schenkt Glück euch die Natur.

Wie der Saft steigt in den Bäumen,
In den Blumen, in dem Gras,
So erfüllt sich, was wir träumen:
Bald gibts wieder dies und das.
Von Entbehrung keine Spur,
Schließt erst Frieden, Frieden nur.

6. Szene

MÄNNERCHOR Seht, da kommen schon die Gesandten von Sparta!
FRAUENCHOR Gehn sie auf Krücken?
Sie tun sich so schwer,
Als hätten sie mehr als zwei Beine!
Grüß euch, Spartaner, sagt doch, wie gehts, wie stehts?
SPARTANER Das seht ihr doch selber:
Müssen wirs euch noch sagen?
MÄNNERCHOR Das gemeinsame Unglück hat euch wohl hergetrieben!
SPARTANER Schon wahr.
Aber was soll denn da a Mann dazu sagen?
Mir brauchen den Frieden, anders wirds nimmer besser.
MÄNNERCHOR Und hier sind unsre Sprecher aus Athen.
Euch scheints ja grad so zu gehen wie denen aus Sparta.
ATHENER Ihr seht uns ja an, es ist dringend! Weiß irgendwer
Wo Lysistrata ist?
SPARTANER Wir alle könnens nicht mehr lang ertragen.
Wann ists am ärgsten? Wer kann uns das sagen?

ATHENER Der Morgen regt uns auf, der Abend drückt uns nieder.
Das Unglück legt sich uns auf alle Glieder.
SPARTANER Drum ruft's eure Lysistrata; es eilt,
Daß sie uns von des Krieges Leiden heilt.
ATHENER Wenn Frieden kommt, ist unsre Heilung nah. –
Ah, sie hat uns gehört! Sie ist schon da!
CHORFÜHRER *(Zu Lysistrata, die heraustritt):*
Gegrüßet seist du, Lysistrata, Frau ohnegleichen!
Aller Sinnen ist auf dich gerichtet, du siehst es an vielen Zeichen.
Alles, was du gewollt hast, wirst du nun erreichen! –
TEILE DES FRAUENCHORS Sei unnachgiebig, sei streng, sei barmherzig, sei klug,
Verlange von allen viel, oder wenig, nichts ist genug.
CHORFÜHRER Denn du hältst die führenden Staatsmänner aus diesem ganzen Land
In deiner schönen, zarten, starken, entzückenden Hand.
Sieh uns nur an, und du siehst, es ist höchste Zeit;
Schlichte du nun für immer unseren Streit.
LYSISTRATA Nicht so schwer, wenn ihr so gierig nach Frieden drängt.
Der Krieg hat euch ganz schöne Lasten angehängt.
Geh, Liebe, führ die Spartaner her
An ihren Händen
Und wenn sie dir die nicht geben,
Dann führ sie an anderen Ecken und Enden.
Dann bring die Athener her,
Damit unser Bund sie verbindet,
Und strecken sie dir nicht die Hand hin,
Dann nimm, was immer sich findet.
Nun ihr Spartaner und ihr Athener, bitte
Hört mir gut zu, drum tret ich in eure Mitte:
Ich bin nur eine Frau, doch wohnt in mir Verstand.
Von Haus aus hatt ich Mutterwitz, und dann
Hört ich vom Vater und von ältern Männern
Viel Kluges, und ich hab daraus gelernt.
Drum sag ich euch jetzt ins Gesicht die Schelte,
Die ihr verdient habt: Seid ihr denn nicht Söhne
Desselben Landes, ehrt ihr nicht dieselben
Gottheiten durch dieselben großen Feste?
Sind euch die Wettkämpfe und die Orakel
Und unsre großen Dichter nicht gemeinsam?

Und gibts im Ausland nicht genug barbarische Feinde,
Daß ihr euch selber gegenseitig umbringt?
ATHENER Wenn ich dich anseh, halt ichs kaum noch aus!
LYSISTRATA Wißt ihr, Spartaner, nicht mehr, wie Athen einst
Euch Hilfe brachte mit dreitausend Mann
Und Sparta rettete? Zum Dank dafür
Verwüstet ihr das Land, das euch geholfen!
ATHENER Weiß Gott, Lysistrata, da sündigt Sparta!
SPARTANER Ja, sie hat recht, schaut's ihren Hintern an!
LYSISTRATA *(Zum Athener):*
Doch glaubst du, uns Athener sprech ich frei?
Habt ihr vergessen, wie euch Sparta half,
Als Feinde aus dem Norden euch bedrohten
Und fast die ganze Stadt genommen hätten, und euch
Verschachert hätten in die Sklaverei?
Niemand als Sparta hat euch da gerettet,
So daß ihr heute freie Bürger seid.
SPARTANER Ein Teufelsweib! Die redt als wie ein Alter!
ATHENER Und Brüste hat sie, so was glaubt man kaum!
LYSISTRATA Nun, beide habt ihr euch viel zu verdanken. –
Was kämpft ihr noch? Was hindert euch daran,
Euch zu versöhnen und euch zu verbrüdern?
SPARTANER Nur Pylos soll Athen uns wiedergeben! –
Das ist ein wichtiger strategischer Punkt!
ATHENER Nein, bei Athene, der Göttin der Stadt!
Daraus wird nichts! Das geben wir nicht her!
LYSISTRATA Doch! Gebt es ihnen!
ATHENER Was? Den wichtigen Hafen?
LYSISTRATA Verlangt doch einen andern Ort zum Austausch.
ATHENER Das Land bei Echinus am Meeresbusen
Und auch die Landzungen ...
SPARTANER *(Unterbricht):* Nein, nein, das ist zuviel.
LYSISTRATA Laßt ihnen doch die Zunge, streitet nicht
Schon wieder um das Land am Meeresbusen.
ATHENER Sonst hängt die Zunge uns zum Hals heraus.
SPARTANER Und wir verschmachten noch nach einem Busen!
LYSISTRATA Wenn ihr versöhnt seid, findet sich das alles.
ATHENER Nun gut, es gilt. Hier meine Hand darauf.
SPARTANER Hier, meine Hand! Ihr alle seids mir Zeugen.
LYSISTRATA Recht so! Nun reinigt euch im Bad! Dann laden
Wir Frauen auf die Burg euch ein und bieten

Euch alles an, was einem Gast gebührt. –
Dort sollt ihr erst den Eid des Friedens schwören
Vor all den Frauen aus Athen und Sparta
Und aus den andern Teilen Griechenlands
Und jeder nimmt dann seine Frau und geht
Mit ihr nach Haus.

ATHENER Schnell, schnell, das wolln wir alle!

SPARTANER Geht's ihr voran, wir kommen alle. – Schnell!

(Alle ab, bis auf Kalonike, Myrrhine, Lampito.)

MYRRHINE, KALONIKE, LAMPITO Nun zieht alles hinauf, auf die Burg, wo das Fest schon
Eifrig bereitet wird für die Gegner, die endlich versöhnten.
Wir, die Frauen, die wir die Burg von Athen besetzten,
Um eurem törichten Krieg ein Ende zu machen,
Laden euch ein und bereiten die Gastgeschenke:
Bunte Decken, Festgewänder,
Goldschmuck, alles, was ich habe,
Geb ich, Freunde, gerne hin.
Jeder soll es seinem Mädchen
Oder seiner Frau dann schenken.

LAMPITO Alles, was wir haben, können
Alle andern mit uns teilen.
Gleichviel ob ihr aus Athen
Oder Sparta kommt und Theben.
Aber erst muß Friede sein,
Dann erst kann ich euch was geben.

KALONIKE Leider aber muß ich warnen:
Hofft ihr Schätze zu erspähen,
Müßt ihr schärfre Augen haben
Als wir selber, denn wir finden
Sehr verarmt vom langen Krieg uns.

MYRRHINE Drum, was wir euch schenken können
Ist zuerst der Friede selber,
Zweitens aber, daß ein jeder
Seine Liebste, seine Frau
Nach der Feier an der Hand nimmt
Und sie grad so zärtlich findet,
Wie sie war vor unserm Schwur,
Der euch Not und Frieden brachte.

(Ratsherr und Kinesias kommen.)

RATSHERR Furchtbar war uns euer Schwur!

Nie vergessen das wir Männer,
Wie ihr uns in Not gebracht habt.
KINESIAS Furchtbar war uns euer Schwur,
Denn wir lernten von euch Frauen,
Daß die Not, die ihr uns brachtet,
Härter traf als selbst der Krieg.
MYRRHINE Liebster, ohne unsre Härte,
Ohne unsern strengen Schwur,
Führtet ihr den Krieg noch weiter. –
Ja, vielleicht wärst du schon tot!
Drum sollt ihr euch alle freuen,
Ist das Fest auch bald vorbei.
Denn die Liebe heißts erneuern,
Und die macht uns satt und frei.
KALONIKE, LAMPITO *(zum Ratsherrn)* Nun kommst du mit uns in die Burg hinein,
Vom alten Kampfgeist wolln wir dich befrein.
(Kalonike, Lampito, Ratsherr ab.)
KINESIAS Ich hoffe auch, das Fest ist bald vorbei,
Denn du, Geliebte, bist die wahre Feier.
Ich fühl mich wie dein Bräutigam, dein Freier:
Der Frieden und die Liebe macht uns frei!
MYRRHINE Der Frieden und die Liebe macht uns frei!
(Beide ab.)
ALLE *(In der Burg):*
Tanzet, o tanzet vor Freude
Unter dem Segen
Der Göttinnen und der Götter
Des Lebens, der Freude, der Liebe und Fruchtbarkeit!
Bacchus, du trunkener Gott des Festes, komme
Zu uns im Schwarm deines liebestollen Gefolges!
Zeus, komm zu uns in deinem Gewande aus Donner,
Mit deiner Tochter, der Schützerin dieser Stadt:
Pallas Athene!
Wir rufen euch, heilige Zeugen
Des Friedens, den wir hier feiern,
Des Friedens, den die Sehnsucht nach Liebe gebracht hat.
Preiset die Götter und Menschen, die lieben und die
Schön machen das Leben auf dem Stadtberg Athens und in Theben,
In Korinth und in Sparta am Ufer des Flusses Eurotas!
Und der Tanz, der Tanz, o der Tanz, ja! unser Tanz

Ehre das ganze Land, unsere Städte und unseren Frieden!
Athen und Sparta, Korinth und Theben und alle,
Die sich nicht länger bekriegen, die lieben den göttlichen Tanz.
Unsere Mädchen und unsere jungen Männer,
Flinken Fußes wie Füllen laufen sie hin,
Kraftvoll wie junge Stiere,
Und es wehet ihr Haar. –
Springet wie Rehe, wie Böcke am Berghang und singet
Alle mit einer Stimme:
Preiset die Göttin Athene,
Die Schutzherrin unseres
Friedens der Liebe,
Die stärker als alles ist.
(Es kommen aus der Burg Ratsherr und Kinesias.)
KINESIAS Nun, diesmal ist noch alles gut gegangen,
Der Krieg hat aufgehört, die Liebe angefangen.
RATSHERR Ich hab noch niemals so ein Fest gesehn
Sogar im tiefsten Frieden in Athen.
Was ist in die Spartaner nur gefahren?
Sie sind so freundlich, wie sie nie noch waren.
Vielleicht war das der Wein. Wein gabs genug ...
Und wir Athener waren fein und klug!
KINESIAS Geistreich sind die Athener nur beim Wein.
Ein Staatsmann sollte niemals nüchtern sein ...
Denn wenn wir nüchtern sind, haben wir nie
Soviel an Menschlichkeit und Phantasie!
Nein, erst beim Wein steht man auf Du und Du
Und hört dem, was der andre sagt, auch zu.
Selbst wenn mans nicht versteht, wird viel erreicht,
Auch ewigen Frieden schwört beim Wein man leicht.

Realistische Darstellung einer Orgie mit falschen und echten Phallio

Erich Fried *Epilog*

(Lysistrata tritt auf, legt ihre Maske ab.)

Das Spiel ist aus. Noch *nicht* aus sind die Kriege.
Auch zwischen Sparta und Athen der Krieg
ist nicht in Liebe, nein, in Blut erstickt.
So gings bis heut, Jahrhundert um Jahrhundert. –

Die Frauen? – Ja, die Frauen haben oftmals
verflucht den Krieg der Männer, Brüder, Söhne.
Sie kämpfen gegen ihn noch immer an.
Doch kommt kein Friede bloß vom waffenlosen Kampf
der Frauen gegen liebestolle Männer.
Auch Aristophanes hat nicht geglaubt,
es sei so leicht, den Wahnsinn zu beenden,
nur: *daß* es Wahnsinn war, das wollt' er zeigen,
und daß es *denkbar* wäre, daß die Liebe
siegt über Vorurteil und altgewohnten Haß.

Und wahr ist auch, daß Frau'n – und manche Männer –
von Zeit zu Zeit erkennen, daß das Treiben
von Rüstung, Feindbild, alter Tradition,
Gewohnheits-Unrecht, das sich hält für Recht,
zum Lachen wär, wenns nicht zum Weinen wäre.
Drum denkt heut dran, es geht uns alle an,
es gilt für jede Frau und jeden Mann:
Falls ihr noch leben wollt, verteidigt euch –
vor allem gegen den *Verteidigungsfall*,
in dem es nichts mehr zu verteidigen gäbe!

Denn zu Lysistratas Zeit war der Krieg
noch *menschlich* unmenschlich und nicht wie heute.
Es gab noch Sieger und es gab noch Beute,
und Aristophanes konnte noch lachen
und sein Athen noch mit ihm lachen machen.
Wir aber brauchen heute *andre* Rollen,
wenn wir nicht heut nur, nein, auch morgen lachen wollen.

Heinke Lehmann

Aristophanes' Komödien, die Männergesellschaft von Athen und der Peloponnesische Krieg

Verkleidete Komödienschauspieler

Einen Tempel wünschten die Grazien, der nicht vergänglich, suchten und fanden dabei – des Aristophanes Geist. PLATON

Ein Hanswurst. GOETHE

Ohne Aristophanes gelesen zu haben, läßt sich kaum wissen, wie dem Menschen sauwohl sein kann. HEGEL

Die Komödie *Lysistrata* (die Heerauflöserin) bringt Aristophanes im Frühjahr 411 v. Chr. zur Aufführung – im 20. Jahr des Peloponnesischen Krieges, eines Weltkrieges der Antike. Es ist das Jahr, in dem in Athen Aristokraten durch einen Putsch die radikaldemokratische Regierung entmachten.

Lysistrata ist das dritte der »pazifistischen« Stücke, der Stücke, die den Frieden zum Thema haben: *Die Acharner* (425 v. Chr.), *Der Friede* (421) und *Lysistrata* (411). Obwohl von der Kritik nicht immer so gesehen, ist *Lysistrata* ein viel ernsteres Stück als die beiden anderen – den Blick verstellt eine christlich-puritanische Moralität, die subjektiv als obszön klassifiziert und verdammt, was die Griechen ganz anders bewerteten. Fasziniert und abgestoßen zugleich – als Beispiel für viele mag hier der Hinweis auf Aubrey Beardsley genügen, der kurz vor seinem Tode flehentlich um die Vernichtung seiner phantastischen Lysistrata-Illustrationen bittet – geht der lüsterne Leser an dem vorbei, was Aristophanes thematisiert.

Lysistrata knüpft an eine Stelle aus der Dichtung Homers an – der ›Ilias‹ – über den Trojanischen Krieg. Dort weist der später getötete Held Hektor seine Frau Andromache zurecht

Aber nun geh ins Haus, besorge du deine Geschäfte,
Spindel und Webstuhl, und mahne die dienenden Mägde,
fleißig am Werk zu sein. *Der Krieg ist Sache der Männer!*

(*Ilias* VI, V.480 f)

Höhnisch und rhetorisch geschickt läßt Aristophanes seine Heldin diesen Gedanken zitieren:

LYSISTRATA Da fragten wir auch manchmal mühsam lächelnd:
»Sag, Liebster, habt ihr heut im Rathaus was
beschlossen, wie man Frieden macht?« – Doch ihr,
ihr brummtet nur: »Was geht das dich an?« Und:
»Schweig still!« Da schwieg ich.
. . . . . .
Ich hielt den Mund. Doch ihr beschloßt dann immer
etwas noch Dümm'res, und ich saß und seufzte:
»Wie können die so was Verrücktes tun?!«
Dann knurrtet ihr nur bös: »Du näh nur weiter!
Sonst wirst Du wirklich Grund zum Jammern haben!
Denn: *»Krieg ist was für Männer!«*
RATSHERR Ja. Das stimmt auch.
LYSISTRATA Es stimmt nur, daß bei Dir etwas nicht stimmt.

Formuliert wird die Einsicht der Frauen, daß diese althergebrachte Welt der Männer nicht mehr stimmt, daß sie geändert werden muß. Was aber sollte hier verändert werden? Welches waren die gesellschaftlichen Gruppierungen und Institutionen, die das Erscheinungsbild der Männergesellschaft von Athen bestimmten, und wie war diese entstanden?

Erziehung junger Griechen. Links wird ein Schüler im Lyraspiel unterrichtet, rechts hört ein Lehrer epische Verse ab.

Die Attische Demokratie

Es bedarf des demokratischen Regiments, damit die Armen eine Zuflucht und die Reichen einen Zügel haben.
THUKYDIDES

Ursprünglich herrschte in Griechenland eine Adelsgesellschaft, die ihre Herrschaft zum einen aus ihrem Reichtum und den Leistungen herleitete, die sie dadurch für die Verteidigung der Gemeinde aufbringen konnte, zum anderen aber aus der Berufung auf eine sorgfältig aufgebaute Genealogie, die bis zurück zu den Halbgöttern und Göttern reichte. Zunehmende Spannungen zwischen überkommenen Ansprüchen dieser Gruppe und neuen Tendenzen, die auf sozialen Ausgleich zwischen den Klassen und politische Gleichberechtigung für Teile der nichtaristokratischen Bürgerschaft zielten, waren die entscheidende Ursache für eine Reform des politischen Systems, die 594/93 v. Chr. durch Solons Gesetzgebung zustande kam.

Solon führte ein System ein, in dem Vermögen und militärische Leistungsfähigkeit wichtiger werden als die Zugehörigkeit zu einem bestimmten Adelsclan. Das Schaubild auf der folgenden Seite veranschaulicht diese Verfassung.

Die staatsbürgerlichen Rechte waren also nach Vermögen abgestuft. Berechnungsmaßstab war der Bodenertrag; das Vermögen der – noch wenig zahlreichen – Bürger, deren Einkommen auf Handel oder Gewerbe beruhte, wurde umgerechnet.

Geld: 1 Talent = 60 Minen
1 Mine = 100 Drachmen
1 Drachme = 6 Obolen
1 Obole = 8 Chalkas

Als Anhaltspunkt für den Geldwert gilt folgendes:

In den Bauabrechnungen des Erechtheions (ein Tempel auf der Akropolis) von 409/408 bis 407/406 schwankt der Standardlohn des Arbeiters zwischen 1 und 1½ Drachmen pro Tag.

Im Jahr 388 werden – allerdings ein recht stolzer Preis – für einen Mantel 20 Drachmen angegeben, für Schuhe 8 Drachmen. Demosthenes nennt in einer 363 gehaltenen Rede 700 Drachmen pro Jahr als angemessene Summe für seinen eigenen und den Unterhalt seiner Schwester und seiner Mutter.

Die reicheren Bürger (3 Talente und mehr Jahreseinkommen) mußten Staatsausgaben wie Götterfeste, öffentliche Speisungen, Aus-

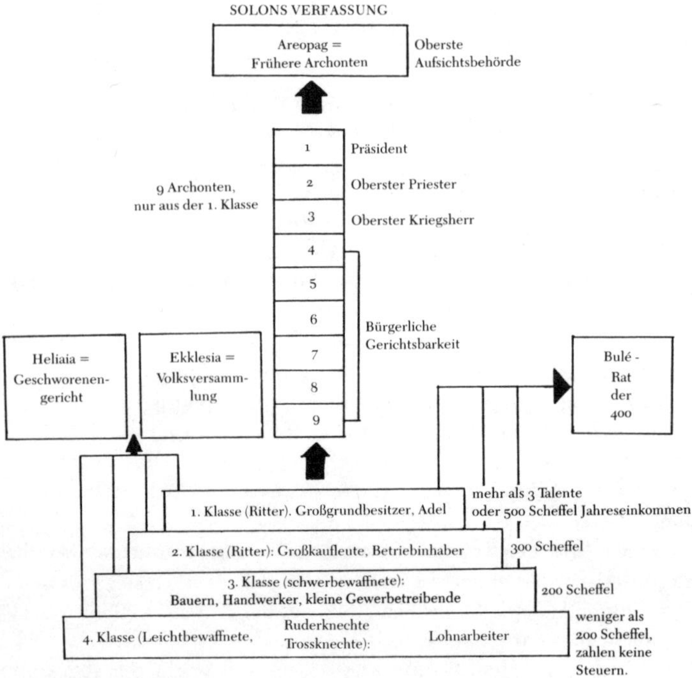

Änderungen zur Zeit des Aristophanes:
Der Aeropag ist nur noch für die Blutgerichtsbarkeit zuständig, die übrige Gerichtsbarkeit wurde dem Volksgericht (Heliaia) übertragen. (6000 Geschworene)
Die Archonten wurden aus allen Einkommensklassen erlost.
Der Rat war auf den Rat der 500 erweitert worden. Er wurde ausgelost aus allen Klassen. Ratsherren und Geschworenenrichter erhielten Tagegelder.
Die Funktion des Aeropags als oberste Verwaltungs- und Aufsichtsbehörde hatte der Rat übernommen.

rüstung von Kriegsschiffen aus ihrem Vermögen bestreiten. Eine große Rolle spielte auch weiterhin der Einsatz beim Militär: Rüstungen und Pferde mußten selbst gestellt werden. Eine Neuheit war der Rat der Vierhundert, der, sozusagen als Unterhaus, dem Areopag – dem Oberhaus – als gesetzgebende Versammlung gegenübertrat. Die unterste Klasse, die Besitzlosen, wurden an der Demokratie nur indirekt beteiligt. Solon fürchtete die Radikalität der Schicht, die nichts zu verlieren hatte. Immerhin führte er die Popularklage ein: Jeder Bürger konnte – auch anstelle eines anderen – gegen Beamte Klage erheben.

Alle Ämter waren Ehrenämter – auch das erschwerte natürlich die Beteiligung ärmerer Bevölkerungsschichten. In der Erkenntnis, daß Demokratie immer auch etwas mit Bildung zu tun hat, wurden die männlichen Kinder aller Bürger im Lesen und Schreiben unterrichtet, sie mußten die großen Dichtungen auswendig lernen, hatten Musik- und Sportunterricht. Handwerk und Gewerbe förderte Solon durch eine drastische Bestimmung: Niemand durfte im Alter Unterstützung von seinen Söhnen fordern, der sie nicht ein Handwerk hatte lernen lassen. Dadurch wurde ganz bewußt die Entstehung des Mittelstandes begünstigt.

Nach einem tyrannischen Intervall kam es zu einer weiteren Verfassungsreform durch Kleisthenes (510 v. Chr.). Grundlage war eine territoriale Neugliederung Attikas auf der Basis natürlicher Einheiten in drei Bezirke: Athen, Küste und Binnenland. Diese Bezirke wurden wiederum so unterteilt, daß insgesamt 10 Verwaltungseinheiten (Phylen) herauskamen, die alle möglichen Gegensätze landschaftlicher und sozialer Aufgliederung in sich einschlossen und diese dadurch aufheben sollten.

Jede Phyle hatte das Recht, einen der zehn Feldherren (Strategoi) zu ernennen. Außerdem wählte sie fünfzig Mitglieder in den Rat (Bulé) der Fünfhundert, der an die Stelle des Solonischen Rates der Vierhundert trat. Die Räte wurden durch das Los aus der Zahl der über dreißig Jahre alten männlichen Bürger ausgewählt, jeweils für ein Jahr. Der Rat war die oberste Verwaltungsbehörde. Dieses Gremium hatte das Vorschlagsrecht in allen Angelegenheiten, die der Volksversammlung zur Annahme oder Verwerfung zu unterbreiten waren, und führte auch die entsprechenden Vorberatungen durch. Abwechselnd führten fünfzig Ratsherren (Prytanen) als eine Art Ausschuß (Prytanie) in einer durch das Los bestimmten Reihenfolge die laufenden Geschäfte. Ihre Amtszeit dauerte den zehnten Teil des Jahres.

Neben dem Rat blieb der Areopag als Hüter der Blutgerichtsbarkeit bestehen. Die übrige Gerichtsbarkeit wurde dem Volksgericht (Heliaia) übertragen.

Niemand durfte öfter als zweimal im Leben dem Rat angehören. Ein Teil der Prytanen blieb Tag und Nacht im Dienstgebäude und wurde auf Staatskosten im Prytaneion gespeist, eine Ehre, die auch auswärtigen Gesandten und einzelnen Bürgern z. B. den Olympiasiegern zuteil wurde.

Die Hauptaufgaben des Rates bestanden darin, die Tätigkeit der Beamten zu überwachen, die Finanzen zu kontrollieren und die

Abstimmung mit Steinchen

Volksversammlung vorzubereiten. Nach außen zeigte sich die Stellung des Rates als eigentlicher Regierungsbehörde darin, daß er die fremden Gesandten empfing und alle Verhandlungen mit auswärtigen Staaten führte. Ein Prytane ist auch Aristophanes gewesen.

Die gesetzgebende Gewalt lag bei der Volksversammlung. (Ekklesia). Jeder, der in die Bürgerliste seines Demos (das ist die kleinste Verwaltungseinheit) eingetragen war und das achtzehnte Lebensjahr vollendet hatte, war zur Volksversammlung zugelassen und besaß Redefreiheit und Stimmrecht. Durch Handheben oder geheim mit Stimmsteinen wurde abgestimmt, wobei die einfache Mehrheit entschied.

Auch die Richter des Areopag, der in seinen Kompetenzen zunehmend beschnitten worden war, entschieden durch weiße oder schwarze Steine über Leben und Tod des Angeklagten. Interessant die Lösung bei Stimmengleichheit: Im Namen der Göttin Athene warf der Gerichtsdiener dann einen weißen Stein in die Urne – der Angeklagte war frei.

Die Ekklesia galt als vollversammelt, wenn 6000 stimmberechtigte Bürger anwesend waren. Sie entschied über Krieg und Frieden, Staatsverträge und Bündnisse, Verleihung von Bürgerrecht und Ehrungen, Gesetzgebung, Steuerbewilligung und Beamtenwahl. Sie urteilte auch über bestimmte politische Vergehen, doch war in diesem Fall eine Berufung beim Volksgericht zulässig.

Da jedem der Zugang zu den Ämtern geöffnet werden sollte, wurden diese ausgelost. Als einzige Voraussetzung wurde geprüft, ob der Bewerber seine Eltern gut behandelte, seine Abgaben zahlte und

Feldzüge mitgemacht hatte. Nur die militärischen Ämter und die der Finanzverwaltung, die bestimmte Fachkenntnisse erforderten, waren Wahlämter geblieben. Für die Führungsämter kamen aufgrund von Reichtum, Verfügbarkeit, Bildung, Erfahrung und Beziehungen weiterhin auf Jahrzehnte hinaus nur Leute aus adligen Häusern infrage.

Die der Tradition nach höchsten Beamten waren die neun Archonten. Ihnen waren aber im wesentlichen nur religiöse Aufgaben (Götterfeste, Opfer) und die Leitung bestimmter Gerichtshöfe geblieben. Mehr Macht und Einfluß versammelten die zehn Strategen, die mit militärischen Führungsaufgaben größeren Umfangs (z. B. Flottenkommandos) sowie der dazu gehörenden Verwaltungstätigkeit betraut waren. Sie konnten wiedergewählt werden, das verschaffte ihnen einen Erfahrungs- und Planungsvorsprung vor den anderen Mitgliedern des Rates. Perikles (nach 500-429) wurde dreißig Jahre lang wiedergewählt. Unter Perikles wurden die Archonten aus allen Einkommensklassen geholt; sie wurden nicht mehr gewählt, sondern mit schwarzen und weißen Bohnen erlost, was ihre Bedeutung verminderte.

Staatsämter waren bisher unbesoldet gewesen. Die Stellen der Ratsherren, Richter sowie der meisten übrigen Beamten waren eine Domäne der Begüterten, denn der »kleine Mann« konnte nicht für längere Zeit seinen Hof oder seine Werkstatt im Stich lassen.

Perikles führte die Amtsbesoldung und Tagegelder ein. Die Ratsherren erhielten 3 Obolen täglich, die Richter 2 Obolen, nach 400 erhielten auch die Teilnehmer an der Volksversammlung ca. 1 Drachme. Natürlich sank durch diese Maßnahme der Einfluß des Adels in den Gremien. Darüber hinaus ermöglichte man auch der ärmeren Bevölkerung den Theaterbesuch und die Teilnahme an Festen und Opfermahlzeiten.

Die gestiegenen Staatsausgaben wurden durch Zölle, Hafengebühren, Verkaufssteuern, Leistungen der besitzenden Klasse, Erträge der staatlichen Erzgruben und Tribut der Untertanenstädte gedeckt. Den Staatsschatz bewahrte man in den Tempeln der Stadtgottheit, in Athen also auf der Akropolis im Parthenon, auf. Hier wird er von Lysistrata und den anderen Frauen »gekapert«.

Welche Bedeutung dem Selbstbewußtsein dieser Demokratie zukommt, zeigt sich in der Totenrede auf die Gefallenen, die Perikles im ersten Jahr des Peloponnesischen Krieges im Winter 431/30 hielt. Um die versammelten Athener daran zu erinnern, wofür überhaupt in diesem Krieg gekämpft wird und was Athens Größe ausmacht, kommt er auf die Verfassung des Staates zu sprechen:

»Aber aus welcher Gesinnung wir dazu gelangt sind, mit welcher Verfassung, durch welche Lebensform wir so groß wurden, das will ich darlegen, bevor ich dann zum Preis unsrer Gefallenen mich wende – es ist dieser Stunde, glaube ich, doch wohl angemessen, daß dies ausgesprochen werde, und von Vorteil, wenn die ganze Menge von Bürgern und Fremden es anhört.

Die Verfassung, nach der wir leben, vergleicht sich mit keiner der fremden; viel eher sind wir für sonst jemand ein Vorbild als Nachahmer anderer. Mit Namen heißt sie, weil der Staat nicht auf wenige Bürger, sondern auf eine größere Zahl gestellt ist, Volksherrschaft. Nach dem Gesetz haben in den Streitigkeiten der Bürger alle ihr gleiches Teil, der Geltung nach aber hat im öffentlichen Wesen den Vorzug, wer sich irgendwie Ansehen erworben hat, nicht nach irgendeiner Zugehörigkeit, sondern nach seinem Verdienst; und ebenso wird keiner aus Armut, wenn er für die Stadt etwas leisten könnte, durch die Unscheinbarkeit seines Namens verhindert. Sondern frei leben wir miteinander im Staat und im gegenseitigen Verdächtigen des alltäglichen Treibens, ohne dem lieben Nachbarn zu grollen, wenn er einmal seiner Laune lebt, und ohne jenes Ärgernis zu nehmen, das zwar keine Strafe, aber doch kränkend anzusehen ist. Bei soviel Nachsicht im Umgang von Mensch zu Mensch erlauben wir uns doch im Staat, schon aus Furcht, keine Rechtsverletzung, im Gehorsam gegen die jährlichen Beamten und gegen die Gesetze, vornehmlich die, welche zu Nutz und Frommen der Verfolgten bestehn, und gegen die ungeschriebnen, die nach allgemeinem Urteil Schande bringen. Dann haben wir uns bei unsrer Denkweise auch von der Arbeit die meisten Erholungen geschaffen: Wettspiele und Opfer, die jahraus, jahrein bei uns Brauch sind, und die schönsten häuslichen Einrichtungen, deren tägliche Lust das Bittere verscheucht. Und es kommt wegen der Größe der Stadt aus aller Welt alles zu uns herein. So können wir von uns sagen, wir ernten zu grad so vertrautem Genuß wie die Güter, die hier gedeihn, auch die der übrigen Menschen.

Anders als unsere Gegner sorgen wir auch in Kriegssachen. Unsere Stadt verwehren wir keinem, und durch keine Fremdenvertreibungen mißgönnen wir jemandem eine Kenntnis oder einen Anblick, dessen unversteckte Schau einem Feind vielleicht nützen könnte; denn wir trauen weniger auf die Zurüstungen und Täuschungen als auf unsern eigenen, tatenfrohen Mut.«
(THUKYDIDES S. 140 f.)

Vom politischen Leben in Athen ausgeschlossen blieben die Metöken und die Sklaven. Die Metöken waren ihrer Herkunft nach freie Bürger anderer griechischer Städte, die oft schon seit Generationen in Athen ansässig waren. Sie durften keinen Grundbesitz erwerben, unterlagen aber in ihrer Tätigkeit sonst keinen Beschränkungen und brachten es im Handel und Bankwesen oft zu großem Reichtum und Ansehen.

In ganz anderer Stellung befanden sich die Sklaven. Sie galten als Sache und waren frei verkäuflich, unbedingt abhängig und ohne politische oder bürgerliche Rechte – ausgenommen gewisse die Ehe, Vermögen und Zeugnis vor Gericht betreffende Rechte. Trotz der hohen Anzahl der Sklaven besaß die Mehrzahl der Athener – Kleinbauern, Handwerker, Geschäftsleute oder Arbeiter – keine Sklaven. Die größte Rolle spielte die Sklaverei in den Silberbergwerken, in den Handwerks- und in den Rüstungsbetrieben. Dazu kamen die Sklaven auf den großen Landgütern und zahlreiche als Handwerker ausgebildete Sklaven im Besitz größerer Unternehmer. Wohlhabende Familien hielten Haussklaven für Dienste aller Art.

Im Jahre 432 v. Chr. betrug die Anzahl der Bürger Athens ca. 35 000 (mit Familie 80 000), die der Metöken 10 000 (mit Familie 20 000), die der Sklaven 110 000.

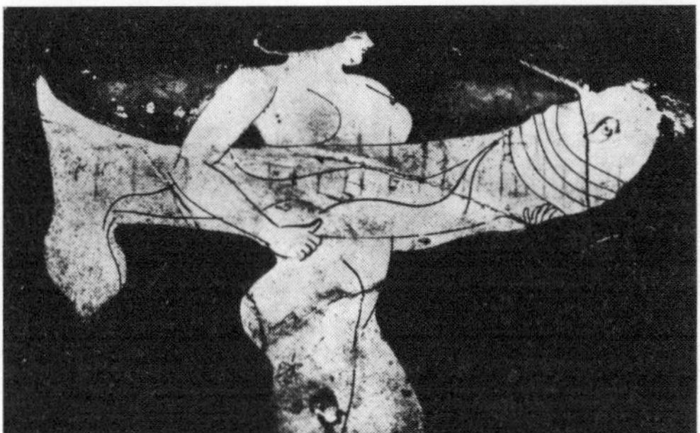

Frauenfrust und Männerlust – von Frauen und Hetären

Ausgenommen vom politischen Leben in Athen, der Wiege der Demokratie, blieben, neben Metöken und Sklaven, selbstverständlich auch die Frauen.

In einer Parabase der Komödie *Thesmophoriazusen* – wie *Lysistrata* 411 uraufgeführt – gibt Aristophanes eine ironische Darstellung ihrer gesellschaftlichen Stellung:

Es sprechen die Frauen:

CHOR An das Publikum richten wir jetzo das Wort und gedenken uns selber zu loben!
Zwar schimpfen jetzt all auf das Frauengeschlecht und setzen es schmählich herunter:
Wir seien, so lügt man, der Fluch der Welt und der Urquell alles Verderbens!
Wir gebären nur Haß, Zank, Kummer und Not und Empörung und Krieg! – Nun wohlan denn!
Wenn ein Fluch wir sind, warum freit ihr uns denn, warum, wenn wir wirklich ein Fluch sind?
Was verbietet ihr uns, auf die Straße zu gehn, ja, nur aus dem Fenster zu gucken?
Was bemüht ihr euch denn mit so ängstlichem Fleiß, zu hüten den Fluch und zu halten?
Und geht nun ein Weibchen mal irgendwohin, und ihr findet sie dann außer Hause,
Dann tobt ihr wie rasend, anstatt euch zu freun und den Göttern zu opfern, daß endlich
Ihr entschwunden ihn seht aus dem Hause, den Fluch, und ihr nimmer ihn trefft in der Stube.
Und schläft man einmal in der Freundin Haus, wo man müd sich gescherzt und gefeiert,
Da laufen sie denn an den Betten herum und suchen den Fluch zu erwischen.
Kaum gucken wir einmal zum Fenster hinaus, will den Fluch ein jeder betrachten,
Und zieht man verschämt sich ein bißchen zurück, da gaffen sie nur noch verrückter,

Ob der Fluch nicht noch einmal am Fenster erscheint! – Und was sehn wir aus allem? – Viel besser
Sind wir als ihr! Und wir können sogleich es euch unter die Nase beweisen!

(Seeger/Newiger)

Der Frau blieb nur die beschränkte Tätigkeit der Haushaltsführung, der Erziehung der Kleinkinder sowie der Töchter und die Aufsicht über die Sklaven. Durch ihre Abgeschlossenheit blieben ihr Bildung und Lebenserfahrung weitgehend vorenthalten. Bei Gesellschaften und in der Öffentlichkeit spielte sie keine Rolle. Das Haus des wohlhabenden Atheners war zweigeteilt: in die Räume des Mannes und die Räume der Frau. Frauen gingen nur in Begleitung aus, junge Mädchen mußten sich verschleiert bewegen. Eine schulische Ausbildung für Mädchen gab es nicht. Von der Mutter wurden sie im Spinnen, Weben, Nähen sowie in hauswirtschaftlichen Aufgaben unterwiesen. Es kam vor, daß Privatlehrer Töchter vornehmer Familien im Lesen und Schreiben unterrichteten.

Die Frau war nicht nur von den Staatsämtern, Gerichten und Volksversammlungen ausgeschlossen, ihr fehlte auch die Rechtsmündigkeit, sie konnte nicht einmal als Zeugin auftreten. Solange sie unverheiratet war, sprach der Vater für sie; war sie verheiratet, so hatte der Mann in Rechtsangelegenheiten eine Vormund- und Vertreterstellung. Die Rechtsunfähigkeit der Frau rechtfertigte sich aus der Erwägung, daß die griechische Stadt wesentlich militärisch bestimmt war; und wer – wie die Frauen – keine Waffen führen konnte, hatte auch kein Recht, an politischen und rechtlichen Vorgängen teilzuhaben.

Nur zu religiösen Festlichkeiten – auch zu den Theateraufführungen – waren Frauen zugelassen. Als Freigeborene wurde die Frau zur Ausübung des Priesteramtes zugelassen, wenn der Kultus einer bestimmten Gottheit es erforderte, daß eine Frau ihm vorstand. Zu manchen religiösen Zeremonien hatten nur Frauen Zutritt, wie bei den Thesmophorien der Athene, einem Fruchtbarkeitskult. Bei Olympischen Spielen durften keine Frauen zusehen. Eine Anekdote berichtet von einer Witwe, die sich verkleidete, um ihren Sohn beim Wettkampf zu erleben. Als sie vor Begeisterung über den Sieg ihres Sohnes über eine Absperrung sprang, wurde ihre Nichtmännlichkeit sichtbar, und man nahm sie fest. Da sie einen so erfolgreichen Sohn hatte, verzichtete man auf eine Strafe, als Konsequenz erschienen aber die Zuschauer bei den folgenden Wettkämpfen nackt, um solche Überschreitungen auszuschließen.

Die Ehe bedeutete für den Athener vielfach eher eine rechtliche Bindung als eine emotionale; sie wurde von den Eltern unter Berücksichtigung politischer, wirtschaftlicher und gesellschaftlicher Gesichtspunkte arrangiert. Die Ehefrau wurde allgemein als unattraktiv und als notwendiges Übel empfunden. Aristophanes' Kollege Eupolis schimpft: »Möge zum Henker fahren, wer zum zweiten Mal eine Frau heiratet! Wegen der ersten schelte ich ihn nicht; denn ich will annehmen, daß er das Übel nicht kannte. Später aber wußte er, welch ein Übel ein Eheweib ist!« (O. Zierer, S. 48)

Homosexuelle Beziehungen zu jungen Männern galten in Athen als selbstverständlich. Aber der Athener unterhielt vielfach auch Liebesbeziehungen mit Hetären. Die Bezeichnung »Hetäre« bedeutet »Freundin«, »Genossin«, es ist eine distanzierende, aufwertende Benennung für die Frauen, deren Liebe käuflich ist; sie heißen im Griechischen eigentlich »Pornai« – Huren. An der Benennung »Hetäre« zeigt sich aber auch, daß viele dieser Frauen sehr viel mehr bieten konnten als Sex.

Eine der prominentesten dieser Frauen war Aspasia, die Freundin und zweite Ehefrau von Perikles. Angeblich war sie ursprünglich Inhaberin eines Bordells. Sie galt als gebildet, geistreich, ehrgeizig und versammelte in ihrem »Salon« einen Kreis hervorragender Persönlichkeiten, darunter Anaxagoras und Sokrates. Dem Gerücht nach wird ihr sogar die berühmte Rede des Perikles auf die Gefallenen zugeschrieben. Wenn dies auch eine Übertreibung sein mag, so zeigt sich doch daran, welch hohes Ansehen sie genoß.

Sie verkörperte den Typ der emanzipierten attischen Frau, deren Bundesgenossinnen in dieser Hinsicht die Hetären sein konnten, für die Bewegungsfreiheit ein Gebot der Selbsterhaltung war. Viele Bürgerfrauen verkehrten in ihrem Haus, und Sokrates empfahl sogar einem Freund, dessen ungebildete Frau dorthin zu schicken, um Bildung zu erwerben – nicht bezogen auf erotische Ausbildung sondern auf geistige Erziehung. Die Hetären konnten Partner sein für die Männer, was den meisten Ehefrauen unmöglich war.

In der *Lysistrata* haben die Ehefrauen und Familienmütter gleich in doppelter Hinsicht von den Hetären gelernt: einmal in der Selbstsicherheit ihres Auftretens, zum anderen aber auch in Bezug auf die Mittel, derer sie sich bedienen, um ihre Männer scharf zu machen:

LYSISTRATA Und gerade das bringt uns die Rettung: Schminke,
das blondgefärbte Haar, die Bänderschuhe,
das durchsichtige Kleid...

Ist es nicht bezeichnend, daß gerade diese Stelle dem verdienten

Frauen bei der Wollebereitung. Das Garn wird durch Drehen über dem Bein zum Spinnen vorbereitet.

Als hilfreiche und verständnisvolle Gefährtinnen erwiesen sich die Hetären auch, falls einer der Herren bei einem Gastmahl (Symposion) zu viel Wein getrunken hatte.

Aristophanes-Übersetzer Prof. Droysen (Werkübersetzung 1835-38) Anlaß zu einer ausführlichen, schelmischen Fußnote ist?

> »Man darf sich nach diesem übersetzten Costüm weniger eine antike Gewandstatue als das Bild einer leichtfertigen Schönen von Athen vorstellen wollen. Für die schönen Leserinnen, die Selbstverleugnung genug besitzen, selbst das vorliegende Stück zu lesen, verdient die Toilettennotiz angeführt zu werden, daß dasselbe, was heut zu Tage in den höchsten und niedrigsten Sphären der Gesellschaft vermittelst des »dünnen Busentuches« erzielt wird, von den Athenerinnen nur in noch größerer Ausdehnung durch eine schelmisch durchsichtige Art von Kleidern (amorgische nannte man sie) gewiß mit um so viel umfassenderem Erfolg erreicht wurde.«

Die geistige Unabhängigkeit der Hetären setzte sich in den Emanzipationsbestrebungen einzelner Frauen im 4. Jahrhundert fort, wie O. Zierer zusammenfaßt:

> »Auf die Dauer kann die Männerkultur der Griechen die Emanzipation der Frauen nicht verhindern. Von der Philosophiestudentin Axiothea, die Platons Vorlesungen besucht, wird berichtet, daß sie die Haare im Herrenschnitt trug und sich wie ein Jüngling kleidete. Allmählich gesteht man nicht nur Hetären, wie etwa der Aspasia, das Recht zu, an den gelehrten Gesprächen der Philosophen teilzunehmen. Auch ehrbare Mädchen, wie Theodora, die Tochter des Gelehrten Diogenes von Zampfigeramos, leisten bald auf wissenschaftlichen Gebieten wie der Arithmetik und Geometrie Erstaunliches. Eine junge Frau aus Aganike in Thessalien berechnet als Astronomin Mondfinsternisse. Die Chemikerin Theosebia schreibt über die Zusammensetzung kosmetischer Mittel. Die kluge und energische Agnodike studiert in Männertracht bei dem Arzte Hierophilos und wird die erste beamtete Hebamme. Konservative und Frömmler wenden sich entsetzt gegen die Ernennung und strengen eine Untersuchung an. Agnodike aber kann sich glänzend verteidigen, und es gelingt ihr sogar, im Areopag zu Athen, die offizielle Zulassung von Mädchen zum Medizinstudium durchzusetzen.« (S. 68)

Eine andere Art, körperlich und geistig glückliche Bindungen herzustellen, bestand in den als selbstverständlich angesehenen homoerotischen Beziehungen zu jungen Männern. Die Knabenliebe findet ihre Entsprechung und Rechtfertigung in der griechischen Mythologie. Sie kann auch als Aufnahmeritus angesehen werden. Lukian (griech. Schriftsteller ca. 120-180 n. Chr.) schreibt: »Die Notwendigkeit der Fortpflanzung des Menschengeschlechts hat zur Einrichtung der Ehe geführt, aber nur die Knabenliebe übt eine edle Herrschaft über das Herz eines Philosophen aus.« (in *Eros Kalos*,)

Die von ihren Männern vernachlässigten Frauen konnten sich trösten mit einem »Baubon« genannten Ersatz-Glied, auf das auch in der *Lysistrata* hingewiesen wird:

LYSISTRATA Auch alle Liebhaber sind einfach weggeblasen!
Und seit Milet nur noch den Feind beliefert, gibt's auch nicht
die Lederdinger zum Ersatz, die helfen könnten uns Fraun!

Die Benennung geht zurück auf die Magd Baubo, die durch das naive Entblößen ihrer Scham die um ihre verstorbene Tochter trauernde Göttin Demeter (Göttin der Fruchtbarkeit, des Erdsegens) zu einem unwillkürlichen Lachen brachte. Die ursprünglich kultische Bedeutung dieses Ersatz-Gliedes ist unzweifelhaft, gleichzeitig erhebt sich aber beim Betrachten der Vasenbilder auch die Frage, ob die Phalloi, die eine nackte Frau handhabt, Symbol oder häusliche Trivialität sind oder aber Requisit eines lasziven Schauauftritts.

Im 6. Mimos des Herondas (3. Jhdt. v. Chr.) unterhalten sich zwei Freundinnen – beide verheiratet und ordentliche Hausfrauen – über diesen Gegenstand:

»Ich flehe dich an, enttäusche mich nicht, meine liebe Korytto, sage mir, wer hat dir diesen scharlachfarbenen Baubon gemacht?«
»Das ist ein gewisser Kerdon. Er macht es in Heimarbeit und verkauft sie heimlich, denn vor den Steuerbeamten zittern alle Türen ... Aber seine Arbeit – was für eine Arbeit! ... Die Männer – wir sind ja unter uns – erreichen niemals diese Steifheit. Und er verfügt nicht nur über diese, sondern die Zartheit – ein Traum!« (zitiert nach *Eros Kalos*)

Übrigens: Bei Goethe tritt Baubo in der Walpurgisnacht auf – *Faust* I, V.3962/63

STIMME Die alte Baubo kommt allein – sie reitet auf einem Mutterschwein«,

wobei Goethe sicherlich bekannt war, daß das Wort »Sau« im Griechischen auch für das weibliche Geschlechtsteil verwendet wurde.

Obszön? – einige Erläuterungen zum Phalloskult

»Jesus ist unser Herr und Richter!
Lieber Freund,
ich flehe Sie an, alle Exemplare der Lysistrata und alle unsittlichen Zeichnungen zu vernichten. Zeigen Sie dies Pollitt, und beschwören Sie ihn, dasselbe zu tun. Bei allem, was heilig ist, alle obszönen Zeichnungen.

Aubrey Beardsley

In meiner Todesagonie.« (geschrieben im März 1898)

»Es ist sehr merkwürdig, daß der Dichter in so argen Zeiten mit so obszönen Dingen seine Zuschauer amüsiert hat; der tolle Plan der Weiber, durch Verweigerung der ehelichen Pflichten den Frieden zu erzwingen, und der Jubel, als endlich die Versöhnung zu Stande gebracht ist, mag das gute Volk für einen Augenblick die Noth der Zeit haben vergessen lassen.«
(Droysen in einer Anmerkung zu seiner Übersetzung der *Lysistrata*, 1838)

Hier fällt das Wort, das jahrhundertelang für das Verständnis von Aristophanes bestimmend war: *Obszön.*

Ein obszöner Dichter. Nicht so deutlich wird, worauf sich das Wort bei Droysen bezieht, denn weder den »Vollzug der ehelichen Pflicht« noch dessen Verweigerung dürfte Droysen als obszön ansehen, d. h. als unzüchtig, die allgemeine Vorstellung von Sittlichkeit verletzend. Nein, was eigentlich als obszön verstanden wurde, sind die Anspielungen auf sexuelle Tätigkeit im hetero- wie im homosexuellen Bereich, ist die ausdrücklich Benennung dieser Tätigkeit und ist vor allem das Zur-Schau-Stellen des erigierten männlichen Gliedes, des ›Phallos‹.

Ursprünglich geht die kultische Verehrung des Phallos vermutlich von Erregungszuständen der Tänzer bei magischen Aktionen aus. Das führt dann zu Nachbildungen des Gliedes als religiösem Fetisch, als Symbol oder Attribut einer anthropomorphen Gottheit. Die Tänzer hängten sich Glieder aus Holz oder Leder um. Zunächst galt der Phallos als Agens der Fruchtbarkeit, nicht nur im animalischen, sondern auch im pflanzlichen Leben, gleichzeitig aber diente er auch der Bannung von Gefahren, die durch dämonische oder auch menschliche Einflüsse drohen. Zu diesem Zweck wurden vermutlich die Riesenphalloi auf der Mauer von Delos aufgestellt.

Der Phalloskuchen, den die beiden Frauen herstellen, gehörte ebenso wie der über ihnen schwebende Phallosvogel zu den festen Bestandteilen des Dionysoskults.

Frau mit zwei Baubonen
(künstliche Phalloi)

Die Phallophorien waren Feste, bei denen in einer feierlichen Prozession ein riesiger Phallos gezeigt wurde, häufig beweglich gemacht, verlebendigt, häufig mit einem vorn aufgemalten Auge zu einer selbständigen Wesenheit verwandelt. Es gibt Bilder von einem Phallos mit Flügeln, aus anderer Zeit ist ein Festzug überliefert, bei dem ein goldener Phallos von ca. 40 Meter Länge getragen wurde, bemalt und mit goldenen Bändern und einem goldenen Stern an der Spitze geschmückt. Vielfach tauchen auch Vogeldarstellungen auf, die einen Phallos-Hals und Phallos-Kopf haben – wie auch auf der dargestellten Säule in Delos – oder Schlangen in Phallosform.

Es gibt mehrere Dämonen und Götter, die phallisch dargestellt werden. Allen voran Priapos, eine Segen spendende und Übel abwehrende Gottheit. Er ist der Sohn der Liebesgöttin Aphrodite und des Dionysos, Gott des Weines, des Rausches, der Ekstase, der Fruchtbarkeit. Berühmt ist er für sein außergewöhnlich großes Glied, dargestellt wird er meist mit emporgehaltenem Gewand, so daß sein Kennzeichen in voller Größe sichtbar wird.

Auch die alte Form der Hermes-Säulen, deren Verstümmelung dann 415 v. Chr. bei der Sizilien-Expedition (siehe Abschnitt Peloponnesischer Krieg) eine so wichtige Rolle spielte, zeigt diese Fruchtbarkeitssymbolik: Eine einfache, vierkantige Säule mit Kopf und erigiertem Glied.

Andere Gottheiten oder Dämonen, die stark in den animalischen Bereich verweisen, sind die Bocksdämonen, die Silenen oder die dickbäuchigen Satyrn. Die kultischen Tänzer in frühen Zeiten verwendeten Masken, Phalloi, Schwänze, um diese Wesenheiten darzustellen oder auch um in einem magischen Vorgang mit ihnen eins zu werden. Betrachtet man die Bilder, so scheinen häufig nicht die ursprünglich vorgestellten Gottheiten dargestellt zu werden, sondern die Tänzer, die diese Gottheiten verkörpern.

Diese Darstellungen und das Hantieren mit dem Phallos wurden in älteren Zeiten ganz bestimmt nicht als anstößig empfunden. Für die Epoche, in der Aristophanes schrieb, muß man dies etwas differenzierter sehen. Aus dem Kultus war die Komödie erwachsen, und die Dionysosfestspiele waren immer noch kultische Veranstaltungen. Also hatten auch die Schauspieler die kultischen Requisiten beibehalten. Sie stopften sich dicke Bäuche und Hinterteile aus und banden sich einen ledernen Phallos vor, wenn es der Rolle diente. Aristophanes' Komödie *Frieden* endet mit einem modifizierten Phallos-Umzug; die ursprünglichen Elemente sind in dem Hochzeitszug noch vorhanden.

Ursprünglicher noch ist eine Szene aus den *Acharnern*, in der Sklaven einen Pfahl als Phallossymbol im Festzug tragen und Dikaiopolis das »Phalloslied« singt:

»Phales, des Bakchos Spielgesell,
Nachtschwärmer, lust'ger Zechkumpan,
Ehbrecher, Knabenschänder!
Vergnügt zum ersten Male seit
Sechs Jahren grüß ich dich, ins Dorf
Zurückgekehrt mit dem Vertrag.
Juchhe, an Krücken geht der Krieg,
Und lahm ist selbst der Lamachos.« (SEEGER/NEWIGER)

Man darf also annehmen, daß gerade bei der ländlichen Bevölkerung die unmittelbare Beziehung zu diesen Riten noch vorhanden war. Andererseits ist die Komödie aber keine kultische Veranstaltung mehr im ursprünglichen Sinne; das Verhältnis des Dichters und des städtischen Publikums zur alten Symbolwelt ist durchaus gebrochen.

In den *Wolken* äußert der Dichter in der Parabase seine Absicht, auf die groben Mittel der herkömmlichen Komödie zu verzichten:

»Seht, wie sie züchtig sich gebart! Vorn herunter angenäht,
läßt sie nicht das lederne Ding hängen, baumeln, feuerrot
an der Spitz, fürchterlich dick, schlimmen Buben nur zum Spaß...« (SEEGER/NEWIGER)

Die Worte »züchtig« und »schlimme Buben« scheinen eine Wertung zu beinhalten, andererseits ist die Beschreibung genußvoll detailliert. Die Komödie arbeitet mit dem amüsanten Aspekt, der Intellekt macht sich lustig über die Abhängigkeit des Menschen von seinen Trieben, gleichzeitig aber – und darin besteht ein entscheidender Unterschied zu christlicher Sicht – bejaht er diese Abhängigkeit. Für die Griechen bestand zwischen Religiosität und Sexualität kein Abgrund wie bei den Christen, das zeigt schon die Mythologie, aber auch die Errichtung eines Tempels für Aphrodite aus den Einnahmen der Freudenhäuser. Bei Aristophanes ist Sexualität zugleich komödiantischer Spaß, überliefertes kultisches Relikt und Symbol für ein Leben in Frieden, – gerade auch in der *Lysistrata*.

Ursprung, Art und Spielweise der Komödie

Ursprung

Das Drama wird vielfach aus kultischen Flurbegehungen mit magischem Hintergrund hergeleitet. Aus dem Wechselgesang von Chorführer und Chor entstand ein Dialog. Die Komödie entwickelte sich demnach aus Umzügen und Gesängen, die zur Prozession des gigantischen Phallos gesungen wurden. Männliche Geschlechtsglieder als Fruchtbarkeitssymbole waren die frühesten Mittel, mit denen die Bauern und Hirten versuchten, ihren Wünschen an die Götter Ausdruck zu geben.

Für viele Orte Griechenlands sind ausgelassene Umzüge in verschiedenartigsten Kostümen bezeugt. Die dabei üblichen Spöttereien sollten Unheil abwehren, richteten sich aber auch schon gegen das Publikum oder gegen prominente Zeitgenossen.

Zum Gefolge des Gottes Dionysos gehörten stets auch die dickbäuchigen, lüsternen Satyrn. Ihre Gestalt taucht immer wieder in der Komödie auf. Die Schauspieler trugen große Lederphallen, Bauch und Gesäß waren ausgestopft.

Auch die Darstellung von Tierchören scheint zu diesem Fruchtbarkeitskult zu gehören. Einige attische Vasenbilder des 6. Jahrhunderts zeigen Reihen von Männern, die als Vögel oder Pferde verkleidet sind und zur Begleitung einer Flöte tanzen.

Vögel und *Frösche* gehören zu den frühesten überlieferten Titeln attischer Komödien, sie bleiben es bis zur Zeit von Aristophanes, von dem *Wespen, Vögel* und *Frösche* überliefert sind.

Die Aufführung der Komödien

Die Aufführung der Komödien war Bestandteil zweier Feste, die dem Gott Dionysos geweiht waren: der großen Dionysien (März/April) und der Lenäen (Januar/Februar). Die Aufführungen fanden im Dionysos-Theater, am Südostabhang der Akropolis statt. Es hatte etwa 17 000 Plätze. Für die großen Dionysien beantragte der Dichter beim Ersten Archon einen Chor. In der Regel wurden drei Dichter zum Wettkampf zugelassen. Es wurden Choregen bestimmt, reiche Bürger, die auf eigene Kosten den Chor zusammenbringen, ihn während der Übungszeit beköstigen und Kostüme und Masken beschaffen mußten. Am Vorabend der großen Dionysien stellte man das Kultbild des Dionysos in der Orchestra auf. Am ersten und zweiten Tag gab es Vorführungen von Männer- und Knabenchören und lyrische Wettkämpfe, der dritte Tag begann mit der Auslosung der Reihenfolge der Aufführungen und der Wahl der Preisrichter. Dann wurden drei Komödien aufgeführt, an den drei folgenden Tagen je drei Tragödien und ein Satyrspiel. Am Schluß wurden die Sieger festgestellt, verkündet und bekränzt. Der Chorege erhielt einen Dreifuß, der Dichter einen Ehrensold. Die Lenäen waren das Fest der Komödien. In der klassischen Zeit wurde nur in Ausnahmefällen ein Stück im Dionysostheater zweimal gespielt. Von 480-380 kamen in Athen etwa 2000 Dramen zur Aufführung.

Für die Theateraufführung gab die Staatskasse einen beträchtlichen Zuschuß. Perikles veranlaßte, daß jedem Bürger die Eintrittsgebühr ersetzt wurde. Man gab dem Besucher aber nicht das Geld, sondern Theatereintrittsmarken, die der Pächter beim Eintritt einsammelte und wofür er dann das Geld beim Staat kassierte. Zu den Festaufführungen waren Männer und Frauen zugelassen. Die Männer saßen getrennt von den weiblichen Zuschauern. Die Aufführungen dauerten den ganzen Tag über, man nahm Essen und Wein mit.

Ausstattung des Theaters

Das Theater war ein Amphitheater. Den Mittelraum füllte die Orchestra aus mit dem Altar in der Mitte, dahinter erhob sich das Bühnengebäude, die Skene, an dessen Vorderseite einfache Kulissen zur Darstellung der Handlung angebracht werden konnten. Auf der Orchestra befand sich der Chor, auf der Bühne agierten die Schauspieler. Die hinter der Szenenwand liegenden Räumlichkeiten hatten ein Dach und dienten den Schauspielern als Aufenthaltsplatz und Umkleidezimmer, ferner zum Aufbewahren der Kostüme und Gerätschaften. Das Dach wurde verwendet als Platz für Göttererscheinungen oder, wie in der vorliegenden Komödie, als Standplatz von Lysistrata und ihren Frauen oberhalb der Stadtmauer.

Zu den Gerätschaften, über die das Theater verfügte, gehörten auch einige Maschinen. Es gab eine fahrbare Plattform zum Herausrollen aus dem Bühnenhaus, auf der man Personen und Gegenstände, die man als im Hausinnern befindlich ansehen sollte, auf die Bühne schob. Auf diese Weise machte man sonst den Augen der Zuschauer verborgene Vorgänge sichtbar. Außerdem gab es einen

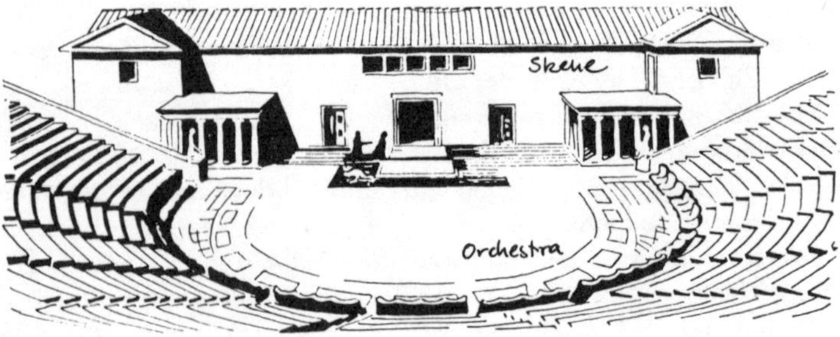

Orchestra und Skene des Dionysostheaters

Kran mit Rollen und Gewichten. Mit diesem Kran ließ man Götter erscheinen – den berühmten deus ex machina zum Beispiel, den Gott aus der Maschine – oder wieder in den Olymp zurückkehren. Im *Frieden* von Aristophanes schwebt mit seiner Hilfe der Mistkäfer in höhere Regionen. Daneben gab es einfache Apparate zur Nachahmung von Donner und Blitz. Die Nacht deutete man durch aufgehängte schwarze Tücher an.

Schauspieler und Masken

Während die Hauptfiguren der Tragödie von nur drei Schauspielern dargestellt wurden, verlangten die meisten erhaltenen Komödien vier Schauspieler für die sprechenden Rollen. Sie übernahmen häufig mehrere Rollen und hatten zwischen den Auftritten Zeit zum Kostüm- und Maskenwechsel. Alle Schauspieler waren Männer. Vielleicht wurden weibliche Statistenfiguren durch Sklavinnen dargestellt. Alle trugen Masken. Ursprünglich hängen diese Masken sicher mit kultischen Riten zusammen, es gibt aber auch eine Anekdote über einen eher politischen Ursprung:

> »Bauern, die von Athenern beleidigt worden waren, zogen nachts nach Athen und brachten ihre Klagen vor den Türen der Beleidiger vor. Die Stadtbehörden, die diese Aufdeckung von Ungerechtigkeiten für nützlich hielten, zwangen sie, ihre Klagen auf dem Marktplatz oder im Theater zu wiederholen. Aus Furcht, von ihren Beleidigern erkannt zu werden, bestrichen die Bauern ihre Gesichter mit Bierhefe.« (H. KENNER, S. 21)

Die Masken in der Komödie karikierten häufig das Aussehen der verspotteten Personen, sollten also Porträtmasken sein. Dennoch wirkten sie durch den hohen Haaraufsatz und die große Mundöffnung so grotesk, daß sie für verschiedene Stücke wiederverwendet wurden. Der Chor der Komödie bestand oft aus Tiergestalten und war dementsprechend vermummt.

Handlung, Struktur und Personen der Komödie

In Aristophanes frühen Stücken ist der Chor von großer Bedeutung, dabei äußerst vielseitig in der Art der Darstellung. In den *Acharnern* greift er den kriegsmüden Helden an, dabei ist es ungewiß, ob der Chor dazu gebracht werden kann, darauf zu hören, was der Held zu sagen hat. In den *Rittern* platzt er mit einem Lied, das rhythmisch die Schreie der heranstürzenden Kavallerie nachahmt, in die Orchestra. In den *Wolken* singt er in der Sprache der erhabenen Lyrik, ehe er sich zeigt.

Ein altertümlicher, fester Bestandteil der Komödie ist die Parabase, etwa in der Mitte des Stückes. Hier zieht der Chor mit abgelegten Masken an den Zuschauern vorbei, und der Chorführer trägt dem Publikum persönliche Angelegenheiten des Dichters, seine Wünsche, Klagen, Herabsetzungen der Nebenbuhler, Rechtfertigungen vor. Dabei ist die Handlung des Stückes vollständig unterbrochen. Dieser Teil fehlt in der *Lysistrata*, sie ist dadurch »moderner« als die anderen Stücke. Bei späteren Komödiendichtern ist der Chor nur noch traditionelles Relikt, singt populäre Schlager und hat keine eigene Funktion mehr.

Überhaupt war zur Zeit der Alten Komödie die Unterbrechung der dramatischen Illusion außerordentlich beliebt. Sie begann beispielsweise mit einer interessanten Dialog- oder Handlungspartie, dann wendete sich eine der beteiligten Personen an das Publikum und erläuterte die Situation.

Das Publikum wurde traditionellerweise beschimpft wegen seiner Unehrlichkeit und Unsittlichkeit. So sagt Dionysios in den *Fröschen*, als er und sein Diener Xanthias sich wiedergetroffen haben, nachdem sie zunächst in der Unterwelt getrennte Wege einschlugen: (V.277)

DIONYSOS Hast du die Vatermörder und Meineid'gen gesehn, von denen er uns sprach?

XANTHIAS Du nicht?

DIONYSOS *(zeigt ins Publikum)* Wohl hab ich sie gesehn! – Ich seh sie noch!

Der typische komische positive Held, der in den *Acharnern*, im *Frieden* und in den *Vögeln* auftritt, ist meist schon älter, wohlhabend,

Komödianten bei der Kostümprobe

physisch stark, beeindruckend im Bett oder Heuhaufen. Er läßt sich im Unglück nicht unterkriegen, zögert nicht, Gewalt anzuwenden, weiß aber Frieden und Behaglichkeit gegenüber Krieg und Entbehrung sehr wohl zu schätzen. Er ist etwas philisterhaft in seiner Haltung gegenüber geistigen und künstlerischen Neuigkeiten, verkörpert also den typischen mittelständischen Bürger und seinen Kunstgeschmack, der, wie heute auch, alle avantgardistischen Neuerungen der Lächerlichkeit preisgibt. Wieweit damit Aristophanes' eigene Ansichten zum Ausdruck kommen, ist die Frage. Schließlich ging es ihm darum, bei den Komödienwettbewerben einen Preis zu gewinnen, und deshalb galt es für ihn auch, beim Publikum anzukommen und den Publikumsgeschmack zu treffen. Lysistrata und Praxagora aus der »Weibervolksversammlung« lassen sich diesem Typ nicht zuordnen. Sie sind für den normalen Athener komisch, weil sie als Frauen einen Plan ausarbeiten, das Kommando führen und den Sieg davontragen.

Demokratie und Komödie oder die Freiheit des Spotts

Aristophanes schreibt nicht im politisch unverbindlichen Raum der Boulevard-Komödie oder des Fernsehlustspiels. Die Form der alten Komödie, wie Aristophanes sie vertrat – oberflächlich gesehen eine Mischung aus beißendem Kabarett, Märchenspiel, Strip-tease und Operette – ist unmittelbare Reaktion auf die Staatsform, in der sie entstand, auf die Demokratie. Die Demokratie schafft der Komödie einen Freiraum auch für politische Agitation, hinausgehend über die Redner- und Richtertribünen. Demokratie ist auch Thema der Komödie, und die verschiedenen Formen der Auseinandersetzung sind in der Komödie wiedergegeben. Die Wirklichkeit erscheint in verfremdeter Form, sie wird in Bilder aufgelöst, Krieg, Reichtum, das Volk treten als Personen auf, Wortspiele vermischen die Bereiche; Frieden kann man wie Wein billig kaufen, da beides auf denselben griechischen Begriff zurückzuführen ist; reale Verhältnisse werden auf den Kopf gestellt: Frauen ergreifen die Macht und bestimmen die Politik – und in diese entrückte, komische Welt bricht dann unvermittelt wieder die Realität ein in Form von harten Beschuldigungen gegen Staatsmänner, die namentlich genannt werden, gegen Feldherren, die Schlachten verlieren und Gelder veruntreuen, gegen radikale Habenichtse, die die Stadt und das Leben der Bürger in ihrem Kriegswahn aufs Spiel setzen.

Einerseits macht Aristophanes sich zwar über die Dummheit des ungebildeten Volkes lustig, er ist konservativ gegenüber Emporkömmlingen, ablehnend gegenüber dem kriegsfördernden Radikalismus – insofern ähneln seine Absichten denen der Adelspartei in Athen, der eine Annäherung an das gegnerische Sparta schon aus der Ähnlichkeit der erstrebten Staatsform (in Sparta herrschte eine kleine Adelsschicht unter einem König) nicht unerträglich erschien. Andererseits aber wird bei Aristophanes die nicht ironisierte Friedensidee immer vom einfachen Volk propagiert, die durchaus positiven Helden sind die Bauern oder sogar die Frauen. Vor wiedererwachten tyrannischen Bestrebungen warnt er. Bei ihm beziehen sich Lobpreisungen der »guten alten Zeit« immer auf demokratische Zeiten. Aristophanes schwebt eine Ideal-Demokratie vor, gegen die sich jede realistische Form lächerlich ausnehmen muß. Die Komödie muß ja mit Kontrasten arbeiten, will sie beim Zuschauer Erkenntnisse bewirken, und eine solche Absicht ist bei Aristophanes immer vorauszusetzen.

Die Freiheit, welche die Demokratie gerade für Witz und Attakken dem Komödiendichter bot, ist ihm durchaus bewußt und erhaltenswert gewesen.

»Wesentlich für die rechte Wertung des sich uns in der Komödie ergebenden Bildes des attischen Demos ist nächst der Erkenntnis der politischen Eigenart der Komödie und des grundsätzlichen Verhältnisses ihrer Dichter zur Demokratie vor allem auch die Beantwortung der Frage, ob der Komiker seinen Spott ganz *uneingeschränkt* über die Führer des Staates, die Einrichtungen der Demokratie und den souveränen Demos selbst ergießen und seine eigene Anschauung ganz unverhohlen zum Ausdruck bringen konnte, oder ob seiner Spott- und Angriffslust irgendwelche Grenzen gezogen waren. Wenn wir die erhaltenen Komödien, besonders etwa *die Ritter*, betrachten, so scheint die Kühnheit und Schärfe der hier wider das ganze politische Leben gerichteten Angriffe dafür zu sprechen, daß das athenische Volk seinen Dichtern geradezu unbedingte Freiheit der Meinungsäußerung zugestand und ein, zumal in dieser Zeit schwerster Not und Sorge, kaum begreifliches Maß des Spottes zu ertragen vermochte. Der mindestens ebenso freimütige Ton in Fragmenten anderer Komiker kann diesen Eindruck nur bestätigen – schon die Spätantike erachtete diese unbedingte Freiheit des Wortes für höchst ungewöhnlich und versuchte, eine Erklärung dafür zu finden. Eine gewisse Erklärung können wir vielleicht darin sehen, daß diese Spottfreiheit in der historischen Entwicklung und im Kult begründet war und diese religiöse Weihe auch späterhin beibehielt. Zudem waren die Athener wohl ein vollgerütteltes Maß von Deutlichkeit, ja Grobheit von ihren Rednern gewöhnt, die von ihrer Παϱϱησία (Parrhesia = Freimütigkeit im Reden) recht ausgiebigen Gebrauch machten. Auch dürfen wir wohl annehmen, daß das athenische Volk zumal an einem Feste des Dionysos Spaß verstand« (A. MEDER, S. 20)

Mit der Demokratie in Athen ging diese Form der Komödie, die sich der unmittelbaren politischen Wirklichkeit annahm, nach der Niederlage im Krieg 404 unter.

Wohl nicht zufällig hängt das Erscheinungsdatum noch heute interessanter Übersetzungen des Aristophanes mit einem Erstarken demokratischer Bewegungen in Deutschland zusammen. Die Über-

Phylakenposse aus den griechischen Städten Unteritaliens

setzer J. G. Droysen (1835-38) und L. Seeger (1845-48) nahmen lebhaften Anteil an den Ereignissen von 1848. Droysen gehörte als Abgeordneter der Deutschen Nationalversammlung in der Frankfurter Paulskirche an, Seeger war Abgeordneter im Stuttgarter Landtag. Sie entdeckten den politischen und den poetischen Aristophanes für ihre Zeit wieder und machten ihn publik. Mit einer gewissen Delikatesse in den Fußnoten wird bei Droysen eine für damals überraschende Skrupellosigkeit in der Verwendung von obszönem Wort- und Metaphernmaterial salonfähig gemacht.

Aristophanes' Komödien und der Peloponnesische Krieg

Die wichtigste Schaffensperiode in der Biographie von Aristophanes fällt in die Zeit des Peloponnesischen Krieges. Dieser Krieg war im Rahmen der damals bekannten Geographie ein Weltkrieg; er reichte über die Ägäis, Mazedonien, Thrakien im Osten bis nach Kleinasien, bezog also das Perserreich mit ein, im Westen dehnte sich der Krieg über das ionische Meer bis nach Sizilien und Unteritalien. Beide kriegführenden Parteien, Spartaner wie Athener, waren letztlich die Verlierer, das 4. Jahrhundert war zunächst ein persisches, später ein mazedonisches Jahrhundert.

Der Krieg hatte eine vernichtende Wirkung auf Politik und Wirtschaft, die Demokratie wurde zu Grabe getragen, Athen war ruiniert – andererseits entstanden eben in dieser Zeit die meisten Werke des Tragödiendichters Euripides (gest. 406) und die Mehrzahl der politischen Komödien von Aristophanes. Neben dem Rüstungslärm in den Werften und Werkstätten der Stadt fanden jährlich regelmäßig an den Festtagen der Dionysien und der Lenäen Aufführungen von Tragödien und Komödien statt, am Erechtheion baute man weiter.

Es war eine interessante Zeit, eine Zeit der gegensätzlichen Strömungen: Auf der einen Seite stand das neue wissenschaftliche Denken der Sophistik, das tradierte Werte infrage stellte und relativierte, die Beschäftigung mit der Natur des Menschen rückte in den Mittelpunkt. Der Arzt Hippokrates setzte diese neue Lehre in die Praxis um, Thukydides begründete eine neue Terminologie der Geschichtsschreibung – so unterschied er z. B. zwischen Ursache und Anlaß für ein Ereignis –, seine Darstellung begnügte sich nicht mehr mit metaphysischen Erklärungen.

Auf der anderen Seite erlebte Griechenland eine Ausbreitung des Mysterienkultes, an dem nur Eingeweihte teilnehmen konnten, der Inhalt der Offenbarungen blieb ihrem Wesen nach entsprechend geheim. Hoffnung auf ein besseres Jenseits, Glaube an die Unsterblichkeit sollten über die Realität hinwegtrösten.

Skrupellosen Machtmenschen wie Alkibiades, die die Geschicke des Staates bestimmten und in den Volksversammlungen Rachegefühle über nüchterne Besonnenheit siegen ließen, standen auf der anderen Seite Leute gegenüber, die sich uneigennützig zu dem bekannten, was ihnen gut erschien – Sokrates, der berühmteste, wurde am Ende sozusagen persönlich verantwortlich gemacht für das Unglück des Staates und hingerichtet.

Das Bewußtsein um die Gefährdung nicht nur des Staates, sondern einer ganzen Staatsform, ist in allen Werken des Aristophanes, in all seinen Schaffensperioden, deutlich spürbar. Während in den frühen Komödien die Maßregelung von Politikern Hauptthema ist und die Stücke konkrete Angriffe auf die Bundesgenossenpolitik, die Kriegspolitik, die Demagogie und die Gerichtswut beinhalten, stehen in der mittleren Periode – die mit der zeitlichen Mitte des Peloponnesischen Krieges (421-411) zusammenfällt – drei Stücke mit dem Thema »Frieden«: *Frieden* (421), *Die Vögel* (414) und *Lysistrata* (411). Es sind utopische, phantastische Visionen einer Rückkehr zum Frieden, eines Herausfindens aus der Welt des Krieges.

In seiner letzten Periode, parallel zum Zusammenbruch Athens, treten Distanz und Skepsis gegenüber dem Staat hervor. Hier sind die allgemeine Armut und der platte Materialismus bestimmende Themen. Aristophanes entwirft eine »kommunistische« Staatsutopie, die er gleichzeitig wieder ad absurdum führt. Im übrigen setzte sich Aristophanes während der gesamten Zeit seines Schaffens in kulturkritischen Komödien immer wieder mit den von ihm als zersetzend empfundenen Ideen der Sophisten und mit den modernen, intellektuellen Dramen des Euripides auseinander.

Ursache des Krieges war die Übermacht Athens in der Region. Durch seine zentralistischen Bestrebungen und seine Führungsposition im Attischen Seebund war der Stadtstaat eine Bedrohung für die partikularistischen Interessen der Einzelstaaten. Unter der Führung Spartas hatten sich diese im Peloponnesischen Bund gegen die Herrschaftsansprüche Athens zusammengeschlossen. Hinzu kam die alte Rivalität zwischen aristokratischen und demokratischen Tendenzen in der Staatsführung, repräsentiert durch das monarchisch geführte Sparta und das parlamentarisch geführte Athen.

432 ließ Perikles in der Folge eines Konflikts zwischen der dem Peloponnesischen Bund angehörenden Stadt Korinth und ihrer Tochterstadt Kerkyra (Korfu), die sich an Athen um Unterstützung gewandt hatte, sämtliche Häfen im Bereich des Seebundes für den Handel der gegnerischen Konfliktpartei sperren. Dieser Zwist zwischen den Handelsmächten Athen und Korinth wurde zum Anlaß des Krieges, nach einigen Scheinverhandlungen brach der Krieg aus. An der Spitze der kriegführenden Parteien standen der 68jährige Parlamentarier Perikles in Athen und der 58jährige König Archidamos in

Sparta. In der Komödie »Die Acharner« hat Aristophanes den Kriegsausbruch auf seine Weise kommentiert. Wie sehr die Komödie sich auf die Realität bezog, gleichzeitig aber mit ihr spielte, sieht man z. B. an einer Stelle der »Acharner«, in der Aristophanes zwar den Ausschluß der gegnerischen Handelsschiffe aus den attischen Häfen als Kriegsgrund angibt, gleichzeitig aber den Stadtklatsch über Perikles' Beziehung zur Hetäre Aspasia mit verarbeitet und auch noch ein allgemeines Problem aufgreift: Die banalsten Anlässe scheinen Grund genug zu sein für Kriege; die Schuld schiebt jeder dem anderen zu. Dikaiopolis redet zunächst den Kriegsfanatikern ins Gewissen und fährt dann fort:

DIKAIOPOLIS So brach das Kriegsgewitter
Denn los in Hellas dreier Hürchen wegen;
Perikles, der Olympier, warf im Zorn
Mit Blitz und Donner Hellas durcheinander
...
Und schloß die Megarer von Land und Meer,
von allen Märkten, allen Häfen aus.
Die Megarer verspürten endlich Hunger
und suchten Hilf in Sparta ...
Man bat uns oft, allein wir hörten nicht.
Kein Wunder, gab's am Ende Schildgerassel.
»Mit Unrecht«, sagt ihr. Nun, was war denn Recht?
Gesetzt, ein Sparter hätte ...
... ein Möpschen aufgefangen
und konfisziert, sagt an: Bliebt ihr zu Haus?
Ja, schön! Dreihundert Schiffe stächen flugs ins Meer, und welch
Getümmel in der Stadt ...
So machtet ihr's! (*Die Acharner*, V. 528 ff.)

(Zitiert nach O. SEEL, S. 28/29)

Zu Lande waren die Peloponnesier den Athenern überlegen, sie konnten ca. 40 000 Soldaten ins Feld führen, die Athener konnten dagegen nur 13 000 Schwerbewaffnete, 1200 Reiter und 1600 Bogenschützen aufbieten, dazu noch eine Hilfstruppe von 16 000 Mann für rein defensive Aufgaben. Zur See war Athen weit überlegen, man verfügte über ca. 300 attische Trieren (Kriegsschiffe mit 3 Ruderetagen, Segel und Rammsporn).

Der Peloponnesische Bund verfügte über keinerlei Kriegsreserven, nicht einmal über eine Kriegskasse, Athen dagegen hatte regelmäßig einkommenben hatte regelmäßig einkommende Tribute von 600 Talenten im Jahr und den auf der Akropolis gelagerten Reserveschatz, der allerdings durch die Errichtung von Prachtbauten etwas geschmälert worden war.

Der Archidamische Krieg oder Aristophanes' Kampf gegen Kleon

Der erste Teil des Krieges (431-421) wird als der Archidamische Krieg bezeichnet.

Perikles' Kriegsplan bestand darin, das flache Land um Athen preiszugeben, die Bevölkerung hinter die »Langen Mauern« zwischen Athen und Piräus zurückzuziehen und Landungsunternehmen im Bereich des Peloponnesischen Bundes durchzuführen. In Tempeln, Baracken, Zelten hausten Zehntausende von Flüchtlingen, während die Spartaner ins Land einfielen und es verwüsteten. Im Sommer 430 brach eine als Pest bezeichnete Seuche in diesen Massenlagern aus und tötete ein Drittel der Bevölkerung. Die dem Perikles feindlichen, radikal-demokratischen Kräfte unter Führung des Gerbermeisters Kleon nutzten die Lage, um gegen Perikles Stimmung zu machen.

Er wurde der Unterschlagung von Staatsgeldern bezichtigt, man forderte das Todesurteil, wandelte es aber in Amtsenthebung um. 429 wurde er rehabilitiert, erneut zum Strategen gewählt, starb aber im gleichen Jahr an der Pest.

Sein Nachfolger wurde Kleon, ein »Durchhaltepolitiker« reinsten Wassers. Kleon wurde von Aristophanes in grimmigster Weise angegriffen, vom Geschichtsschreiber Thukydides mit überlegener Ironie kritisiert. Anders als die Landbevölkerung, die unter den Kriegshandlungen besonders zu leiden hatte, waren die Gewerbetreibenden entschlossen, den Krieg um jeden Preis fortzusetzen. Nach der Eroberung des abgefallenen Mytilene im Sommer 427 plädierte Kleon dafür, alle Männer zu töten und die Frauen und Kinder in die Sklaverei zu verkaufen. Nachdem im ersten Racherausch dieser Vorschlag angenommen worden war, besann man sich am nächsten Tag; in einem neuen Rededuell konnte der Gegner Kleons das Urteil mildern. Es war immer noch grausam genug: 1000 Männer wurden hingerichtet. Sparta rächte sich bei der Eroberung Platäas in gleicher Weise. Thukydides schrieb dazu einen Exkurs über die Verwilderung der politischen Sitten:

> »So brach in ständigem Aufruhr viel Schweres über die Städte herein, wie es zwar geschieht und immer wieder sein wird, solange Menschenwesen sich gleichbleibt, aber doch schlimmer oder harmloser und in immer wieder anderen Formen, wie es jeweils

der Wechsel der Umstände mit sich bringt. Denn im Frieden und Wohlstand ist die Denkart der Menschen und der ganzen Völker besser, weil keine aufgezwungenen Notwendigkeiten sie bedrängen; aber der Krieg, der das leichte Leben des Alltags aufhebt, ist ein gewalttätiger Lehrer und stimmt die Leidenschaften der Menge nach dem Augenblick.

So tobten also Parteikämpfe in allen Städten, und die etwa erst später dahin kamen, die spornte die Kunde vom bereits Geschehenen erst recht zum Wettlauf im Erfinden immer der neusten Art ausgeklügelter Anschläge und unerhörter Rachen. Und den bislang gültigen Gebrauch der Namen für die Dinge vertauschten sie nach ihrer Willkür: unbedachtes Losstürmen galt nun als Tapferkeit und gute Kameradschaft, aber vordenkendes Zögern als aufgeschmückte Feigheit, Sittlichkeit als Deckmantel einer ängstlichen Natur, Klugsein bei jedem Ding als Schlaffheit zu jeder Tat; tolle Hitze rechnete man zu Mannes Art, aber behutsames Weiterberaten nahm man als ein schönes Wort zur Verbrämung der Abkehr. Wer schalt und eiferte, galt immer für glaubwürdig, wer ihm widersprach, für verdächtig. Tücke gegen andere, wenn erfolgreich, war ein Zeichen der Klugheit, sie zu durchschauen war erst recht groß, wer sich aber selber vorsah, um nichts damit zu tun zu haben, von dem hieß es, er zersetze den Bund und zittere vor den Gegnern. Kurz, bösem Plan mit bösem Tun zuvorzukommen brachte Lob, auch den noch Arglosen aufzustiften. ...

Die Ursache von dem allem war die Herrschsucht mit ihrer Habgier und ihrem Ehrgeiz und daraus dann, bei der entbrannten Kampfwut, noch das wilde Ungestüm. Denn die führenden Männer in den Städten, auf beiden Seiten mit einer bestechenden Parole, sie seien Verfechter staatlicher Gleichberechtigung der Menge oder einer gemäßigten Herrschaft der Besten, machten das Gemeingut, dem sie angeblich dienten, zu ihrer Beute, und in ihrem Ringen, mit allen Mitteln einander zu überwältigen, vollbrachten sie ohne Scheu die furchtbarsten Dinge und überboten sich dann noch in der Rache; nicht, daß sie sich dafür eine Grenze gesteckt hätten beim Recht oder beim Staatswohl – da war freie Bahn, soweit jede Partei gerade ihre Laune trieb. Ob sie nun durch ungerechten Stimmstein oder mit der Faust sich zum Herrn machten, es war alles recht, um nur die Kampfwut des Augenblicks zu ersättigen. Frömmigkeit galt weder hüben noch drüben; man schaffte sich vielmehr einen guten Namen, wenn es gelang, gerade durch den Schönklang eines Wortes eine Tat des Hasses zu vollführen. Und die Mittelschicht der Bürger wurde, weil sie nicht mitkämpfte oder aus Neid, daß sie davonkäme, von beiden Seiten her ausgemordet.« (S. 251)

Die Acharner (425)

Im Frühjahr 425 ließ Aristophanes sein Stück *Die Acharner* aufführen, für das er den 1. Preis gewann. Es schildert die Stimmung der während des Krieges zwischen den langen Mauern eingesperrten attischen Bauern, die Jahr für Jahr die Verwüstung ihres Landes miterleben mußten.

In dieser Komödie sind die Friedliebenden vertreten durch den Bauern Dikaiopolis (der gerechte Bürger), der sich einen Privatfrieden aus Sparta kommen läßt – im Griechischen ein Wortspiel, da »Friedensopfer« und »Wein« gleichlautend sind. Ein Dionysosfest verbunden mit einem ländlichen Markt wird abgehalten. Die Kriegshetzer sind vertreten durch den später versöhnten Chor der harten, alten Kohlenbrenner aus dem Bezirk Acharnai, die zunächst den Friedensmann steinigen wollen und den General und Großsprecher Lamachos zu Hilfe rufen – eine historische Person. Dieser verharrt im kriegerischen Geist und bleibt dadurch von den Segnungen des Friedens ausgeschlossen, am Ende wird er sogar als Kriegsverwundeter kläglich über die Bühne geschleppt, während die anderen nun ihr ausgelassenes, ländliches Bauernfest feiern.

Das Verhältnis der Bauern zum Krieg wird in einer Szene deutlich, in der sich Dikaiopolis auf ein Streitgespräch mit dem Kriegstreiber Lamachos einläßt. Lamachos erscheint mit Federhelm und Schild und will den Verräter zur Verantwortung ziehen:

LAMACHOS Du Lumpenkerl, und traust dich so zu reden!?
DIKAIOPOLIS O Lamachos, du Held, sei mir nicht bös
Sofern ich Bettler redend mich verhaspelt!
LAMACHOS Was war's denn? Sag schon, los!
DIKAIOPOLIS Ich weiß nicht mehr,
Vor Angst und Waffen wirbelt mir's im Kopf.
Ich bitt dich, nimm das Gruselding herunter!
LAMACHOS *(den Helm absetzend):*
Na schön.
DIKAIOPOLIS Jetzt stell's verkehrt rum vor mich hin!
LAMACHOS Da liegt er.
DIKAIOPOLIS Jetzt die Feder her vom Helmbusch!
LAMACHOS Die Plüme da? *(Gibt sie ihm)*

DIKAIOPOLIS Und jetzt halt mir den Kopf,
Zum Spei'n: Ein Helm bringt mich zum Kotzen ...

(578 ff.)

»Ein Helm bringt mich zum Kotzen« – in radikaler Weise bringt Aristophanes seine Position zum Ausdruck und erhält in Kriegszeiten für diese Arbeit den 1. Preis.

An dieser Stelle parodiert er eine Szene aus Homers Ilias, in der der Held Hektor seinen Helm mit dem nickenden Federbusch abnimmt und beiseite stellt, weil sein kleiner Sohn sich davor fürchtet:

»Alsbald nahm er den Helm vom Haupt, der strahlende Hektor,
Stellte beiseite zu Boden den blinkenden, spiegelnden Sturmhut.
Dann aber, als er den Kleinen geküßt und in Lüften geschwungen,
Sprach er ...«

(*Ilias*, V. 475 ff., zitiert nach O. SEEL, S. 32)

Im Sommer 425 gelang Kleon ein unglaublicher Schachzug. Die Athener hatten Pylos, westlich von Sparta gelegen, besetzt, die Spartaner ihrerseits besetzten die Insel Sphakteria, die vor Pylos liegt, und erschwerten den Athenern die Zufahrt. Der schleppende Fortgang des Unternehmens erregte in Athen Unzufriedenheit. Sehr anschaulich schildert Thukydides, wie sich Kleon durch seine Großmäuligkeit den Oberbefehl über ein riskantes Unternehmen verschafft, nämlich innerhalb von zwanzig Tagen die Spartaner von der Insel gefangen nach Athen zu bringen.

Thukydides schreibt:

»Als Kleon die Mißstimmung gegen sich spürte wegen seiner Friedensverhinderung, erklärte er, es sei nicht wahr, was die Ankömmlinge meldeten, und da diese vorschlugen, wenn man ihnen nicht traue, möge man doch Beobachter hinschicken, wurden er und Theogenes von den Athenern gewählt, um nachzuschauen. Als nun für ihn kein Ausweg mehr war – er mußte entweder die Aussagen der Verleumdeten bestätigen, oder widersprechen und dann bald als Lügner dastehn – und da er das Volk nun schon viel entschlossener sah zum Feldzug, da riet er ihnen, keine Beobachter zu senden, um nicht mit all dem Hin und Her die Gelegenheit zu versäumen; wenn sie die Berichte für wahr hielten, sollten sie gegen diese Spartaner ausfahren. Und mit einem Hieb auf den Feldherrn Nikias, Nikeratos' Sohn, den er haßte und beschimpfte: es sei leicht, mit Heeresmacht, wenn die Feldherren nur Männer wären, auszufahren und die auf der Insel zu fangen; er selbst, wenn er das Amt hätte, würde das leisten.

Während nun Stimmen im Volk gegen Kleon laut wurden, wenn ihm das so leicht vorkomme, warum er denn nicht fahre, auch ohne Amt, da sagte Nikias, der sein Schimpfen ja auch durchschaute, er solle mit soviel Truppen, wie er wolle, die Feldherren erlaubten's, sein Glück versuchen. Kleon meinte zunächst, das sei nur geredet mit dem Zurücktreten, und war bereit; als er aber sah, daß Nikias es ihm nur zu gerne überließ, wich er zurück: Nikias sei Feldherr, nicht er, und fürchtete sich jetzt und hätte nie gedacht, daß Nikias es über sich brächte, ihm Platz zu machen. Aber dieser wiederholte seine Aufforderung, verzichtete auf den Befehl gegen Pylos und rief die Athener als Zeugen an. Und wie der Haufe pflegt: je mehr Kleon sich der Fahrt entziehen, seinen eignen Worten entwinden wollte, so lauter hießen sie Nikias, ihm das Kommando zu übergeben, schrien sie Kleon zu, er solle fahren. Schließlich sah er, daß nach dem einmal Gesagten kein Ausweichen mehr sei, und übernahm den Zug; er trat vor und sagte, er fürchte die Spartaner nicht und werde hinfahren, ohne jemand aus der Bürgerschaft mitzunehmen, nur die anwesenden Lemnier und Imbrier und die Leichtschildner, die aus Ainos zur Hilfe eingetroffen waren, und von anderwärts vierhundert Schützen. Mit diesen, erklärte er, und dem Heer in Pylos werde er innert zwanzig Tagen die Spartaner entweder lebendig herbringen oder dort erschlagen. Die Athener nahmen dies Geprahle teils mit Lachen auf, und doch ließen die Vernünftigeren ihn nicht ungern ziehn, weil ihnen dabei von zwei Vorteilen wenigstens einer gewiß sein mußte: nämlich Kleon loszuwerden (was sie noch inniger hofften) oder, falls dies fehlschlüge, doch der Spartaner habhaft zu werden.« (S. 295 ff.)

Auch hier wird deutlich, daß Kleon durchaus Verachtung entgegengebracht wird, daß man aber bereit ist, sich seiner zu bedienen.

Tatsächlich brachte Kleon 292 Gefangene nach Athen, Angehörige vornehmer spartanischer Familien, ein großes Druckmittel in der Hand der Athener. Damit war Kleon zum Helden der Athener geworden. Das Volk verlieh ihm die höchste Auszeichnung, die Athen zu vergeben hatte: lebenslängliche Speisung im Prytaneion und einen Ehrensitz bei allen Festen. Kleon schaltete und waltete wie er wollte; indem er die Bundesgenossen aufs äußerste ausprеßte, gelang es ihm, die Staatskasse wieder zu füllen.

Die Ritter (424)

Schon in den *Acharnern* hatte Aristophanes angekündigt, daß er in seinem nächsten Stück sich mit Kleon »besonders befassen« wollte. Den Chor läßt er sagen:

»Du bist mir verhaßter als Kleon,
aus dessen Fell ich derbe Sohlen
nächstens für die »Ritter« zu schneiden
gedenke«. (*Acharner* V. 300)

Hier haben wir einen schönen Hinweis auf die Planung der Stücke, immerhin ein Jahr im voraus. Im Frühjahr 424 errangen diese *Ritter* den Sieg auf den Komödienfestspielen. Sie sind eine Satire auf Kleons Demagogie und seine Kriegspolitik.

Kleon tritt auf als schamlos egoistischer Obersklave im Haushalt des personifizierten Volkes, des Demos, eines urteilsschwachen alten Männleins, das sich durch Schmeichelei und Geschenke bestechen läßt. Auf Grund eines Orakels veranlassen weitere Sklaven – dies sind die damals prominenten Strategen Nikias und Demosthenes – einen Wursthändler, Kleon aus dieser Stellung zu verdrängen. Der Chor der Ritter eilt zu Hilfe, und Kleon muß sich mit dem Wurstverkäufer messen. Schließlich siegt in dem mit Beschuldigungen und Bestechungen geführten Kampf der Wurstmann, und der nun befreite Demos erscheint verjüngt als »König der Helenen«.

In dem Wursthändler verkörpert sich eine neue Schicht, die an die Macht kommt; völlig zu Recht, wie ein Sklave dem Wursthändler klarmacht:

SKLAVE Just eben drum bist du der Mann des Tages,
weil du gemein bist, frech und pöbelhaft.
... Gehörst du zu den Feinen?
WURSTHÄNDLER Nein! Was denkst du?
Zu den Gemeinen!
SKLAVE Herrlich! Um so besser
qualifizierst du dich für die Staatsgeschäfte.
WURSTHÄNDLER Schon recht! Allein, ich hab nichts gelernt;
ein bißchen Lesen, ja, doch schlecht genug.
SKLAVE Das bißchen eben könnt am End dir schaden.
Regieren ist kein Ding für Leute von
Charakter und Erziehung! Niederträchtig,
unwissend muß man sein!
... Du hast ja, was

ein Demagog nur immer braucht: die schönste
Brüllstimme, bist ein Lump von Haus aus, Krämer,
kurz ein ganzer Staatsmann! (*Die Ritter* V. 181 ff.)

Der konservative britische Premierminister Baldwin sagte 1926 mit Bezug auf die *Ritter*: »Ein politischer Führer sollte sie auswendig kennen. Denn es gibt keine tiefere Wahrheit als die, daß Kleon allemal von dem Wursthändler übertrumpft wird.«

Unter dem Eindruck der Katastrophe von Pylos war Sparta zum Frieden bereit, Kleon aber stellte so hohe Forderungen, daß die Gesandtschaft wieder abzog. Das Jahr 424 sollte für die Athener ein Unglücksjahr werden. Der spartanische Feldherr Brasidas marschierte mit 1700 Mann auf die Chalkidike, brachte mehrere Städte zum Abfall von Athen und bemächtigte sich der Goldminen. Ein Angriff der Athener auf Böotien mißlang.

Zahlreiche Prozesse gegen attische Strategen – darunter Sophokles und Thukydides – lassen die Nervosität der Athener erkennen. Mit der Führung des Krieges war man unzufrieden, die Kriegspartei verlor an Boden – mit dem im Jahr 423 abgeschlossenen Waffenstillstand für ein Jahr schien endlich Friede in Sicht.

Im Norden aber, auf der Chalkidike, ging der Krieg weiter, eine weitere Stadt – Skione – fiel von Athen ab. Der Kriegsschauplatz aber entfernte sich aus der unmittelbaren Umgebung von Athen, er war so weit entfernt, daß die beiden Komödien, die in dieser Zeit entstanden sind, sich mit innenpolitischen Problemen beschäftigen.

Die Wespen (422)

Die *Wespen*, 422 zu den Lenäen aufgeführt, ist wieder ein Anti-Kleon-Stück. Kleon hatte den Tagessold der in den Geschworenengerichten tagenden Heliasten erhöht, dadurch weiter seine Beliebtheit gesteigert, zugleich aber natürlich das Interesse an Prozessen erhöht. Die Heliasten stellten eine erhebliche Macht dar, zumal sie in allen Verfahren, in denen Interessen der Masse auf dem Spiel standen, als deren Repräsentanten zugleich Partei waren.

In den *Wespen* will ein Mann namens Bdelykleon (Kleonhasser) seinen Vater Philokleon (Kleonfreund) von seiner Prozeßwut heilen. Er sperrt ihn ein und hat sich gegen die alten Mitrichter, die als Chor von Wespen (Kostüm entsprechend ihrem Verhalten im Gericht) auftreten, zu verteidigen. Er prangert die Ausnützung der Richter durch die Demagogen an, in einem Beispielsprozeß wird Kleon als Hund im Gericht vorgeführt. Der Hundeprozeß bezieht sich auf den Unterschlagungsprozeß, den Kleon aus Kydathen (Stadtteil aus dem Kleon stammt) dem Strategen Laxes aus Aixonai angehängt aber verloren hatte: Im Stück klaut ein Hund namens Labes aus Aixonai ein Stück Käse und wird von dem Hund aus Kydathen verklagt, weil er es allein aufgefressen hat, wofür allerlei Küchengeräte als Zeugen aufmarschieren.

HUND VON KYDATHEN Drum straft ihn scharf! Denn hinter einem Busch, das wißt ihr, haben nie zwei Diebe Platz!
Macht nicht, daß ich umsonst mich heiser belle, sonst bell ich euch in Zukunft niemals wieder. (V. 928 ff.)

In der Parabase beklagt sich der Dichter über das angebliche Unverständnis des Athener Publikums – die Komödie *Die Wolken* war bei den Dionysien ein Jahr zuvor durchgefallen (vgl. S. 131 ff.).

Im Stück wird der alte Vater von seiner Prozeßwut abgebracht, er wendet sich nun aber würdelosen Ausschweifungen zu. Am Schluß parodiert die Komödie tragische Tänze.

Im Sommer 422 kam es auf der Chalkidike zu einer Schlacht zwischen spartanischen und athenischen Truppen unter Führung von Brasidas und Kleon. Brasidas fiel und Kleon wurde auf der Flucht erschlagen.

Unter diesem Schock schlossen beide Seiten den Nikiasfrieden, der auf 50 Jahre abgeschlossen wurde. Trotz aller Verluste, die es erlitten hatte, stellte dieser Friede doch einen Erfolg für Athen dar, da es seinen Besitzstand wahren konnte.

Der Friede (421)

Wenige Tage vor dem Vertragsabschluß brachte Aristophanes im Dionysos-Theater mit der Komödie *Frieden* den Frieden auf seine Weise zustande:

Der Bauer Trygaios reist – nicht auf einem Flügelroß, sondern auf einem Mistkäfer – zu den Göttern. Für den Fall, daß es schiefgeht und er abstürzt, will er seinen Phallos als Ruder verwenden. Mit Hilfe des Chors – er ruft Griechen aller Stämme herbei, ein Motiv, das in der *Lysistrata* wieder verwendet wird – befreit er die eingeschlossene Friedensgöttin.

In einer Szene, die sich auf die jüngsten aktuellen Ereignisse bezieht, tritt der Krieg personifiziert auf. Er rührt in einem Mörser eine furchtbare Mischung zusammen. Nun schickt er seinen Diener Tumult los, die Kriegsmörserkeulen zu holen. Tumult kommt unverrichteter Dinge zurück:

TUMULT Das Ding – die Keule –
ist weggekommen aus Athen – du weißt:
der Gerber, der ganz Hellas sonst zermalmte!
TRYGAIOS Hochheilige Athene, O wie gut,
daß er zur rechten Zeit für unsere Stadt
umkam, eh er dies Mus uns eingerührt!
KRIEG So geh und hol 'ne andre; geh nach Sparta,
marsch fort!
TUMULT Ich geh!
. . . .
TUMULT *(zurückkehrend)* Auch den Spartanern
ist ihre Mörserkeule weggekommen.
KRIEG Halunke! Wie?
TUMULT Ins thrakische Gebiet verlieh'n sie sie
und kriegten sie nicht wieder. –«

(nach O. SEEL, S. 36 f.)

Welch ein Nekrolog auf Kleon und Brasidas!

Durch den Frieden werden die Fabrikanten von Kriegsmaterial ruiniert, die Hersteller landwirtschaftlicher Geräte bezeugen ihre Dankbarkeit, der Landmann bekommt die Ernte, der Rat soll sich um die Vorbereitung des Festes kümmern. Am Ende steht die Hochzeitsfeier von Trygaios mit der ihm von Hermes zur Frau gegebenen Personifikation der Fruchtreife.

Wie in den *Acharnern* steht auch in diesem Stück, das den Frieden thematisiert, am Ende eine Verbindung – Sex und Leben im Frieden:

CHOR Wir aber, die Vordersten,
Wir heben ihn hoch empor,
den Bräutigam, Männer!
Hymen, Hymenaios!
Hymen, Hymenaios!
Nun werdet ihr glücklich sein,
kein Krieg wird euch drücken mehr.
Nur Feigen noch pflückt ihr!
Hymen, Hymenaios!
Hymen, Hymenaios!
Sein Phallos ist groß und dick,
und süß ihre Feige! (1341 ff.)

Die Expedition nach Sizilien oder Aufbruch ins Wolkenkuckucksheim

Der auf fünfzig Jahre abgeschlossene Nikiasfriede hielt ganze vier Jahre. In Athen blieben die politischen Verhältnisse widerspruchsvoll und schwankend, und schließlich betrat ein Mann die politische Bühne, der das Schicksal Athens in wirklich verhängnisvoller Weise bestimmen sollte: Alkibiades. Er war ein Neffe von Perikles, ein Schüler des Sokrates, ein sportlicher, eleganter, reicher und vor allem unglaublich ehrgeiziger junger Mann. Im Jahr 450 geboren, widmete er sich nach Kleons Tod (422) verstärkt dem politischen Leben auf der Seite der Demokraten und rivalisierte offen mit dem gemäßigten Nikias. Ihn trifft die Schuld am Wiederbeginn der offenen Feindseligkeiten. 417 versuchte man noch, ihn durch einen Beschluß der Volksversammlung als für Athen gefährlich zu verbannen. Durch geschicktes Taktieren entging er jedoch der Verbannung, und noch im selben Jahr konnte er das Kommando übernehmen. Er ließ die Insel Melos, die im Krieg neutral geblieben war, anfangs allerdings Sparta durch Gelder unterstützt hatte, erobern, die Bevölkerung ermorden, Überlebende in die Sklaverei verkaufen. Eine solche Handlungsweise stieß auch bei den Bundesgenossen nicht auf Beifall.

416 ließ Alkibiades bei den Olympischen Spielen mehrere Gespanne bei Pferderennen laufen, er residierte in einem Festzelt und ließ sich von Euripides eine Siegeshymne dichten. Bei den Volksmassen stieg sein Ansehen wegen solcher Showeffekte unaufhörlich.

Da kam 415 von der Stadt Segesta (Westsizilien) ein Hilfegesuch an Athen, da die Stadt von Syrakus bedroht wurde. Nikias riet von einer Unternehmung zugunsten Segestas ab und wies auf die machtvolle Stellung von Syrakus, auf die langen Nachschublinien und auf die Gefahren in der Umgebung hin. Alkibiades trat entschieden für die Expedition nach Sizilien ein. Er versprach den Bürgern eine Verdreifachung des Wohlstandes, er selbst erhoffte sich möglicherweise ein eigenes Königreich im »Goldenen Westen« Sizilien. Die Expedition wurde beschlossen, als Strategen wählte man Alkibiades und Nikias und einen altgedienten Haudegen, der schon in den *Acharnern* auftauchte, Lachesos.

In der Nacht vor der Ausfahrt der 134 Trieren mit 25 000 Mann, im Sommer 415, wurden in ganz Athen die Hermensäulen verstümmelt. Thukydides schreibt:

»In dieser Zeit wurden an all den Steinbildern des Hermes in der Stadt Athen (sie stehen, viereckig behauen, nach Landesbrauch in großer Zahl an den Toren der Häuser und in den Vorhallen der Tempel) in *einer* Nacht fast an allen die Gesichter verstümmelt. Wer es getan, wußte niemand, aber es wurden von Staats wegen große Belohnungen ausgesetzt, nicht nur diese zu finden, sie beschlossen außerdem, wer irgend von sonst einem vorgefallnen Frevel wisse, solle ihn unbesorgt anzeigen, jeder dürfe, Stadtbürger, Fremde und Sklaven. Sie nahmen die Sache sehr ernst, als ein böses Omen für die Ausfahrt und zugleich als Anzeichen einer Verschwörung zu Aufruhr und Sturz der Volksherrschaft. Nun wird angezeigt, durch einige Beisassen und Diener, zwar nichts wegen der Hermen, aber einiger früherer Verstümmelungen anderer Götterbilder, von ausgelaßnen jungen Leuten im Rausch begangen, und außerdem, daß die Mysterien gespielt werden in Häusern, zum Hohn, und dessen wurde auch Alkibiades beschuldigt. Das nahmen die auf, die am meisten dem Alkibiades grollten, weil er sie hindere, selber das Volk ungestört zu lenken; wenn sie ihn vertrieben, hofften sie, die ersten zu sein; die bauschten die Sache auf und zeterten, die Mysterien und die Verstümmelung der Hermen zielten auf den Sturz der Volksherrschaft, und nichts von alledem sei geschehen, ohne daß er dabeigewesen – und wiesen endlich zum Beweis auf das ganze übrige Gebaren dieses hochfahrenden Sittenverächters. Alkibiades verteidigte sich damals gleich gegen die Anzeigen und war bereit, sich vor der Ausfahrt dem Gericht zu stellen (denn schon waren auch die Rüstungen vollendet), und wenn er etwas derart getan, Sühne zu leisten, wenn er aber freigesprochen würde, seines Amtes zu walten. Er beschwor sie, nicht in seiner Abwesenheit Verleumdungen anzuhören, lieber ihn gleich hinzurichten, wenn er schuldig sei, und es sei weiser, einen so schwer verklagten Mann nicht vor der Untersuchung an der Spitze eines solchen Heeres abzusenden. Aber seine Gegner fürchteten, das ganze Kriegsvolk werde seine Partei ergreifen, wenn er sich jetzt gleich verantworten müsse, und die Menge werde feig nachgeben und zu ihm aufschaun, weil dank ihm die Argeier mitfuhren und ein Trupp aus Mantineia. Darum hintertrieben und verdrängten sie es durch andre Volksredner, die sie vorschickten und die sagten, jetzt solle er hinziehn und die Ausfahrt nicht hemmen und zur Verhandlung wiederkommen zu anberaumter Frist; in seiner Abwesenheit dachten sie die allgemeine Meinung leichter gegen ihn aufzubringen, damit er, zurück-

gerufen und heimgebracht, das Gericht feindseliger gestimmt fände. So wurde beschlossen, Alkibiades solle fahren.« (S. 462)

Nach der Ausfahrt der Flotte kam es in Athen bald zu Anklagen wegen des Frevels an den Götterbildern, einige Leute wurden hingerichtet. Alkibiades Feinde erreichten, daß er von Sizilien zurückgeholt wurde, um sich in Athen zu verantworten. Ein Schnellsegler sollte ihn nach Athen bringen, er aber sprang in Küstennähe von Bord und floh nach Sparta, um sich von dort an Athen zu rächen. Die Athener zogen seinen Besitz ein und verurteilten ihn in Abwesenheit zum Tode.

Die Vögel (414)

An den großen Dionysien 414 brachte Aristophanes die Komödie *Die Vögel* zur Aufführung, mit der er den 2. Preis errang. Auffällig ist, daß der Name Alkibiades nicht einmal erwähnt wird, ebenso auch nicht die Verstümmelung der Hermensäulen. Die Prozeßwelle, auf die angespielt wird, kann sich auf die Hermokopidenprozesse (Prozesse wegen der Hermenverstümmelung) beziehen, ebenso aber auf die schon in den *Wespen* thematisierte Prozeßsucht der Athener. Es handelt sich hier um einen ganz anderen Entwurf, eine Art Flucht aus der Realität in ein wörtlich auch so genanntes Wolkenkuckucksheim.

Zwei alte Athener, die der Prozeßwut ihrer Heimatstadt entgehen wollen, ziehen aus der Stadt und gründen mit Hilfe des Vogelkönigs einen weltbeherrschenden Staat der Vögel, die selber als Chor auftreten. Da die Vögel die Luft beherrschen, können sie jede Verbindung zwischen den Göttern und den Menschen unterbrechen. Kein Opferdampf wird mehr zu den Göttern dringen, kein Regen die Erde erreichen. Da die Götter bald zu darben beginnen, erscheint eine Gesandtschaft des Olymps und bittet um Waffenstillstand. Nach kurzen Verhandlungen wird einer der beiden Athener Welttyrann und erhält von den Göttern Basileia, die Weltherrschaft, zur Frau.

In der Komödie ist also auch von einer Expedition die Rede, aber von einem Auszug, der in ein unwirkliches Reich führt, – möglicherweise eine Kritik an der Extravaganz der sizilianischen Expedition. Das Verhältnis von Menschen und Göttern zeigt Aristophanes als gestört, – auch das sicher ein Ausdruck von Aristophanes' Empfinden, daß die Welt auseinanderbricht, das alte Wertgefüge bedroht ist. Möglicherweise ist auch die Tyrannei, die dem einen Athener zuerkannt wird, eine Kritik an der Hybris der Athener, aber – wie gesagt – das ganze ist entrückt in eine außerordentlich märchenhafte und poetische Atmosphäre:

»Doch in der Finsternis unendlicher Umschlingungen gebiert die schwarzgeflügelte Nacht ein Windei, aus dem im Kreislauf der Zeit der sehnsuchterweckende Eros ersproßte.« (Zitiert nach O. SEEL, S. 19)

Der Dekeleische und Ionische Krieg (414-404) oder Die Männer versagen

Seit dem Sommer 414 war der Krieg zwischen Athen und Sparta wieder in eine verschärfte Phase getreten. Den Truppen auf Sizilien ging es schlecht, die Athener erlitten Niederlagen, Nikias richtete einen Hilferuf an die Heimatstadt. Aber erst im Dezember 414 schickte man 10 Trieren, einige Monate später 65 unter Demosthenes auf die Fahrt nach Westen. In Sparta war unterdessen Alkibiades erfolgreich tätig. Auf sein Anraten hin war Gylippos, ein sehr fähiger Feldherr, nach Syrakus entsandt worden, außerdem riet er, den Ort Dekeleia, 20 km von Athen entfernt, zu besetzen und dadurch Attika und die Zufahrtswege nach Athen zu beherrschen. Alkibiades, der in Athen in ungewöhnlichem Luxus gelebt hatte, führte in Sparta ein angepaßt bescheidenes Leben. Er schnitt sich die Haare kurz, badete in kaltem Wasser, angeblich fand er sogar großen Gefallen an der berühmten Schwarzen Suppe (Blutsuppe).

Zum ersten Mal seit zwölf Jahren überschritt das peloponnesische Bundesheer im Frühjahr 413 wieder die Grenzen Attikas. In Dekeleia bezog der spartanische König Agis ein festes Lager und verwüstete den Norden Attikas. In Attika kam jeglicher Handel zum Erliegen, die Staatssklaven liefen in Scharen aus den Bergwerken davon, Athen selbst lebte in Erwartung eines spartanischen Überfalls.

Demosthenes hatte sich inzwischen auf Sizilien von der Hoffnungslosigkeit der Lage überzeugt und drängte auf Rückzug. Wegen einer Mondfinsternis – 27. August 413 – verschob der abergläubische Nikias den geplanten Rückzug um einen Monat. Da aber wurde das athenische Expeditionsheer umzingelt und zum Kampf gezwungen. Die Schiffe wurden teils versenkt, teils erobert, die Mannschaften, bei Thukydides mit 40 000 Mann wohl zu hoch angegeben, traten den Rückzug an, wurden größtenteils niedergemacht, ein Teil ergab sich. Demosthenes und Nikias wurden gefangengenommen und in Syrakus hingerichtet. Die Gefangenen – es sollen 7000 gewesen sein – wurden 70 Tage lang in die Steinbrüche zur Zwangsarbeit eingeschlossen. Wer danach trotz Hunger, Durst, Sonnenbrand und Kälte noch lebte, wurde in die Sklaverei verkauft.

Die Nachricht von der Vernichtung des Heeres in Sizilien rief in Athen ungläubiges Entsetzen hervor. Thukydides schreibt:

> »Dies waren die Ereignisse in Sizilien; als aber die Nachricht nach Athen kam, wollten sie es lange nicht glauben, sogar als richtige Soldaten, vom Schlachtfeld selbst entronnen, genauen Bericht brachten; es werde doch nicht die ganze Macht gar so vernichtet und vertilgt sein. Nachdem sie dann zur Erkenntnis kamen, waren sie ergrimmt gegen die Redner, die sich für die Ausfahrt eingesetzt hatten – als hätten sie sie nicht selbst beschlossen – und zürnten den Sehern und Propheten und allen, die ihnen mit Weissagungen damals Hoffnung gemacht auf die Eroberung Siziliens. Kummer über Kummer schmerzte sie, und rings um sie erhoben sich nach dem Geschehenen nichts als Angst, Entsetzen und Bestürzung. Beraubt war jeder Bürger und die ganze Stadt so vieler Gewappneter und Reiter und einer Jugend, wie sie keine zweite mehr vorhanden wußten; dies drückte sie nieder, und daß sie nicht genug Schiffe in den Schiffshäusern sahen, kein Geld im Staatsschatz und keine Mannschaft für die Schiffe, so daß sie in ihrer

Lage auf keine Rettung mehr hoffen konnten, wenn jetzt die Feinde aus Sizilien, wie sie meinten, ihnen sofort mit ihrer Flotte gegen den Piräus gefahren kämen, zumal bei ihrer großen Überlegenheit, und die hiesigen Feinde jetzt mit überall verdoppelter Macht sie kraftvoll zu Lande und von der See her angriffen mitsamt den abfallenden Verbündeten.« (S. 585)

Dennoch gab Athen nicht auf. Obwohl die Finanzreserven fast ganz erschöpft waren, so daß man den nur noch unregelmäßig eingehenden Tribut durch einen Wertzoll von 5% auf alle in das Gebiet des Seebundes eingeführten Waren ergänzen mußte, obwohl im Jahr 412 sogar die letzte Notreserve von 1000 Talenten angegriffen werden mußte – worauf Aristophanes auch in seiner Lysistrata anspielt – schaffte es Athen doch, eine neue Flotte aufzubauen. Ein Jahr nach der Niederlage auf Sizilien hatte Athen das Kräfteverhältnis zur See wieder hergestellt.

Sparta aber fühlte sich auch zu Lande zu schwach und war daher bereit, auf Anraten des Alkibiades mit den Persern gemeinsame Sache zu machen, weil allein dieser Staat über eine überlegene Flotte verfügte. Alkibiades nahm Verhandlungen mit Tissaphernes, dem militärischen Befehlshaber von ganz Kleinasien, auf. Dieser war zu einem Bündnis bereit, vorausgesetzt, die Spartaner würden behilflich sein bei der Wiedergewinnung der ionischen Städte für Persien.

Alkibiades hatte sich inzwischen in Sparta gefährliche Feinde geschaffen, die fürchteten, daß der Verräter Athens auch sie verraten könnte. Alkibiades, dem dies nicht verborgen blieb, nahm, als ihm der spartanische Boden zu heiß wurde, Zuflucht bei seinem persischen Verhandlungspartner und riet, die Spartaner nicht zu mächtig werden zu lassen. Tissaphernes berücksichtigte diesen Rat und verringerte die Zahlung der Hilfsgelder an Sparta. Inzwischen aber plante Alkibiades seine Rückkehr nach Athen. Er trat in Verhandlungen mit der Flottenführung auf Samos, deren Offiziere stark aristokratisch beeinflußt waren. Diesen bot er an, einen Vertrag mit dem Perserkönig zu erwirken, falls es zu einer Änderung der demokratischen Verfassung im oligarchischen Sinn käme. Die Botschaft, nach Athen überbracht, machte tiefen Eindruck.

Die außenpolitischen Mißerfolge wie auch die gesamte politische Situation hatten den politischen Untergrundbewegungen der Oligarchen in Athen starken Auftrieb gegeben. Was in Sizilien geschehen war, hatte die Demokratie zu verantworten – es war kein Wunder, wenn die Adelsclubs eine rege Tätigkeit entfalteten.

413 hatte es einen ersten Ruck »nach rechts« gegeben: Eine

Behörde von 10 Probulen war gegründet worden, die einen Teil der Befugnisse des Rates an sich zog – ein erster Schritt zur Einschränkung der Demokratie.

Im Sommer 411 bemächtigten sich die Aristokraten durch einen Aufstand der leitenden Posten und setzten einen Rat der 400 ein. Einer der Führer bei dieser Aktion war Peisandros, ein ehemals radikaler Demokrat und intimer Freund Kleons. Er stellte den Antrag, alle Diäten und Besoldungen in den Versammlungen und Räten abzuschaffen, die regierende Bürgerschaft sollte auf 5000 Personen beschränkt werden, sie sollten bei politischen Entscheidungen, vor allem beim Abschluß von Verträgen, hinzugezogen werden, falls der Rat – er sollte sich aus 400 mit weitgehenden Vollmachten ausgestatteten Mitgliedern zusammensetzen – entsprechende Beschlüsse empfehle. Ziel des Umsturzes war eine Diktatur der 400.

Lysistrata

Im Vorfeld dieses Putsches, im Frühjahr 411, ließ Aristophanes die Komödie *Lysistrata* aufführen. Besorgnis um den Zustand des Staates spricht aus den Worten des Chores der Männer:

»Schlimmres noch steckt dahinter,
Ja, das riecht nach Tyrannei.«

Eigentliches Thema des Textes aber ist der Krieg überhaupt bzw. ein Erfinden von Mitteln, wie der Krieg abzuschaffen wäre.

Da Krieg »Männersache« ist, müssen die Frauen die Männer entmachten, um ihren Friedenswillen durchzusetzen. Als die Männer versuchen, sich gewaltsam Eingang zu der von den Frauen besetzten Festung zu verschaffen, sagt Lysistrata: »Ihr braucht nicht Stangen (sicher auch wieder eine anatomische Anspielung), ihr braucht Verstand!« Mit diesem Verstand hat Aristophanes seine Heldin ausgestattet, die in keiner Weise karikiert wird. Vielmehr verkörpert sie als Frau – und das ist ja, wenn man die Stellung der Frau im Staat der Athener betrachtet, durchaus verwunderlich – die Intention, den Appell des Autors. Schon in der Parabase der Komödie *Frieden* hatte sich Aristophanes von Komödienschreibern, die ihre Witzigkeit auf Kosten der Frauen entwickeln, distanziert.

»... So erhob er aufs neu die gesunkene Kunst und zimmert und türmt ihr Gebäude
mit erhabenen Reden und großen Ideen und Witzen von feinstem Kaliber,

nicht vom Markte geborgt, *nicht auf Weiber gemünzt* und gewöhnliche kleine Philister (*Frieden* V. 748 ff.)

In der *Lysistrata* sind es die Männer, die als lächerlich vorgeführt werden. So sagen sie:

»Der erste Mann, der diese Burg besetzte, war
Kleomenes, und ließen wir es dem denn etwa durch?
Nein, mir ergab er sich, der große Parterheld!
Und hatte nur noch schmutzige Fetzen an,
Verlaust und voll Gestank und unrasiert,
Sechs Jahre ungewaschen, ohne Bad.«

Daran sind zwei Aussagen grotesk: Die Komödie spielt 411, die Besetzung der Akropolis durch Kleomenes war 508; die hier sprechenden »Helden« müssen also schon weit über 100 Jahre alt sein, wenn sie nicht schon als Säuglinge gefochten haben wollen. Die Besetzung selber dauerte nur einige Tage, nicht 6 Jahre, so daß es eigentlich nichts gibt, worauf diese Männer stolz sein dürften.

Der Vorwurf der Frauen, die Männer ruinierten die Staatskasse

»Ihr freßt den Staatsschatz auf,
den uns die Väter ließen«

entspricht durchaus den Tatsachen. Um so komischer ist es dann, daß die Männer bei dem Geld, das die Frauen nun verwalten wollen, als erstes an ihre Rente denken, dann erst an das gemeinsame Interesse:

»Wovon sollen wir denn leben?
Ganz zu schweigen von dem Krieg!«

Die Frauen dagegen sehen ihren Beitrag zum Krieg ganz konkret:

»Daß ich nur eine Frau bin, ist nicht meine Schuld.
Ich biet euch bessres, als ihr alle Tage hört,
Und steure bei zum Krieg durch Söhne, die ich trug.«

Lange genug haben die Frauen das Leiden und das Bewußtsein, daß die Welt so nicht mehr stimmt, ertragen:

»Den ganzen Krieg hindurch,
den ganzen langen Krieg lang haben wir,
geduldig und vernünftig, wie wir Frauen sind,
ertragen jeden Unsinn von euch Männern.
Wir mucksten nicht einmal, obwohl's uns nicht gefiel.«

Von der Tradition her ist ihnen dieses Verhalten auch zugedacht. Noch einmal wird hier – wie bereits eingangs – auf Homer verwiesen, diesmal nicht auf die Ilias sondern auf die Odyssee. Hier findet sich eine nahezu identische Replik der bereits zitierten Verse. Der wohlerzogene Telemachos »kanzelt« seine Mutter Penelope wegen einer

klugen, im Männersaal gemachten Bemerkung von der Höhe männlicher Halbgötterschaft ab:

»Du doch geh' ins Weibergemach, zu besorgen deine Geschäfte, Spindel und Webstuhl, und den dienenden Weibern gebiete, frisch ihre Arbeit zu tun. Das Wort gebührt nur den Männern, allen und mir zumeist, weil mein im Hause die Macht ist.« (*Odyssee*, I 356)

Ebenso sollte hier erinnert werden an eine Stelle aus der Rede des Perikles, die er zwei Jahre nach Kriegsbeginn auf die Gefallenen hielt. Von den 242 Textzeilen der Rede gehören knappe 5 den Witwen, und auch diese Zeilen erscheinen erst am Ende, nicht als Höhepunkt, sondern als Nachtrag und Anhang.

»Wenn es aber zu meiner Aufgabe gehört, des rechten weiblichen Verhaltens, soweit es sich um diejenigen handelt, die jetzt im Witwenstand sein werden, irgendwie zu gedenken, so werde ich mit einer knappen Vermahnung das ganze andeuten; denn darin, daß ihr hinter der Euch zuteil gewordenen Naturanlage nicht zurückbleibt, liegt eure große Ehre, und darin, daß von einer solchen Frau am wenigsten, sei's nun zum Lob, sei's nun zum Tadel, in der Öffentlichkeit Aufhebens gemacht wird.«

(Zitiert nach O. SEEL, S. 84 ff.)

Lysistrata aber macht »Aufhebens«. Auf den Einwand des Ratsherrn, der Krieg ginge sie doch gar nichts an, sagt sie:

»Wir Frauen, wir leiden an dem Krieg am meisten!
Doppelt und dreifach: Wir gebären Kinder,
Wir zieh'n sie auf ... und lassen sie dem Krieg dann!
Erst unlängst euer Feldzug in Sizilien ...«

Aber hier unterbricht sie der Ratsherr, die Anspielung auf das Unglück genügt, und sie läßt sich unterbrechen. So jedoch ist *Lysistrata* zu verstehen, ein Protest nach Jahren des Krieges gegen den Krieg überhaupt, halb komisch, halb tragisch und überaus vernünftig.

Das zeigt sich in der Äußerung, Krieg habe immer etwas mit Geld zu tun, weniger mit Ruhm und Idealen, das zeigt sich im Selbstbewußtsein der Frauen, für die der Staatsschatz nichts anderes ist als die Haushaltskasse.

Politische Einsicht steht auch hinter dem Vorschlag, die Politik zu entfilzen wie ein Gewebe. Die bisher so engherzig behandelten Bundesgenossen, Metöken und andere, sollten endlich Anteil an den politischen Rechten und Pflichten im Staat erhalten; auch wird für diejenigen Nachsicht gefordert, die bis zur Bezahlung ihrer Schulden alle bürgerlichen Rechte verloren. Wichtig ist die Erkenntnis, daß die Frauen aller Staaten, auch der verfeindeten, in derselben Situation sind, daher wird so etwas wie eine internationale Solidarität der Frauen hergestellt, jedenfalls innerhalb der Staaten Griechenlands.

»Der Grund, warum der Dichter mit so heißem Herzen für eine Beendigung des Krieges eintritt, dürfte vor allem wohl darin zu suchen sein, daß er klar die furchtbare Gefahr erkannte, die ganz Griechenland durch diesen Bruderkampf bedrohte, und daß er den eigentlichen Feind seines Volkes nicht in Sparta, sondern in den Barbaren erkannte. Einen gewissen Einfluß übte sicherlich auch seine Abneigung gegen die Ausartung der extremen Demokratie aus, die gerade durch den Krieg eine starke Förderung erfahren mußte, nicht zuletzt aber seine persönliche Liebe zum friedlichen Landleben, die sich vor allem in den Schilderungen ländlichen Glückes äußert.« (A. MEDER, S. 122)

H. J. Newiger hat festgestellt, daß auch die Namensgebung der Hauptpersonen in Aristophanes' Komödie direkt auf die politischen Ereignisse der Zeit anspielt:

»Wir wissen heute, daß die Priesterin der Athena Nike damals Myrrhine hieß, also wie die Frau, die in unserem Stück neben der Titelheldin eine Rolle spielt; ja, wir können erschließen, daß die Priesterin der Athena Polias zur gleichen Zeit eine Lysimache war, deren Name nicht nur die äußere Ähnlichkeit, sondern vor allem auch die Bedeutung mit Lysistrate (»Heerlöserin«) gemeinsam hat: Lysimachas, »Schlachtenlöserinnen«, nennt Lysistrate die Frauen insgesamt, wenn sie ihre ihnen zugedachte Aufgabe erfüllen. Von anderem abgesehen, wird man aus dieser schwerlich zufälligen Namengebung wohl schließen können, daß der Dichter an die Kulte der Stadtgöttin auf der Akropolis erinnern und ein konservatives Moment beschwören wollte: die Priesterinnen stammen aus alten Familien (und den Namen der Spartanerin Lampito trug z. B. die Mutter des Königs Agis). Die aufsässigen Frauen bekämpfen aber den Probulen als Vertreter der neuen, eher konservativen Behörde so gut wie den demokratischen Prytanen.«

Eine interessante Anmerkung zur Verwendung des Dialektes der Spartaner durch Aristophanes in der Komödie gibt Droysen:

»Für die Übersetzung war die Lysistrate schwieriger als die meisten anderen Komödien. Der Dialekt der Lakonier (Spartaner) spielt in derselben eine Hauptrolle; seine Eigenthümlichkeit ist eine gewisse energische Härte des Klanges und eine auffallende Straffheit der Fügungen, wie sie dem trotzig ungefügen Wesen des

Volkes entsprechen; da ist nichts von der feinen Beweglichkeit und der luxurierenden Mannigfaltigkeit des attischen Wesens; es ist als gehörten diese Klänge gar nicht dieser, sondern einer älteren, strengeren, heldenmäßigen Zeit an.«

Die Thesmophoriazusen (411)

Vermutlich ebenfalls im Frühjahr 411 wurde das Stück *Die Frauen am Thesmophorienfest* (»Die Thesmophoriazusen«) aufgeführt. Es ist kein politisches Stück – was erstaunlich ist, angesichts der politischen Katastrophen und Spannungen ringsum und im Innern. Die ganze Komödie gilt Euripides, den Aristophanes schon häufiger verspottet und parodiert hatte. Es ist ein Intrigen- und Rettungsstück in der Art der Dramen, die Euripides zu verfassen pflegte.

Besonders mit den manchmal fast psychopathisch wirkenden Frauengestalten des Euripides war Aristophanes nicht einverstanden. So beschließen also die Frauen am Thesmophorienfest, das nur von ihnen gefeiert wird und zu dem Männer nicht zugelassen sind, es dem Dichter Euripides heimzuzahlen, daß er sie auf der Bühne so schlechtgemacht hat. Ein Verwandter von Euripides, Mnesilochos, schleicht sich als Frau verkleidet in die Versammlung ein und versucht, Euripides zu verteidigen, aber er hat keinen Erfolg, er wird entdeckt und entrinnt nur mit knapper Not dem Pranger. Auch hier, wie in der *Lysistrata*, spielen die Frauen die Hauptrollen, sind die Überlegenen.

EURIPIDES *(zum Chor)*
Ihr Frauen, wenn ihr für die Zukunft Frieden
mit mir wollt schließen, tut es jetzt: Ihr sollt
nie mehr fortan ein böses Wort von mir
vernehmen! Dies versprech ich feierlich!
CHOR Warum auf einmal führst du diese Sprache?
EURIPIDES Der Mann am Pranger ist mein Anverwandter!
Gebt ihn mir frei, und nie ein Schmähwort mehr
hört ihr von mir; doch wollt ihr nicht, dann sollen,
vom Krieg zurückgekommen, eure Männer
von mir erfahren, wie ihr hier gehaust.

Die nächste Komödie von Aristophanes, die uns erhalten ist, stammt aus dem Jahre 405. In der Zeit, die zwischen ihr und *Lysistrata* liegt, hatte die innere und äußere Situation Athens mehrfach gewechselt. Die 411 durch den Putsch an die Macht gekommene Regierung versagte bald, sie konnte weder eine Verständigung mit Sparta anbahnen, noch die Ruhe im Innern wieder herstellen und wurde schon nach vier Monaten von einer gemäßigten demokratischen Verfassung abgelöst, die die bürgerlichen Rechte und Pflichten auf die Angehörigen der ersten drei Steuerklassen beschränkte. Aber beide Verfassungsänderungen ließen außer acht, daß Nahrungsmittelzufuhr und Wohlstand von der Flotte abhingen, deren Bemannung mit wenigen Ausnahmen nun ihre politischen Rechte verloren hatte. Die empörten Schiffsbesatzungen drohten, Athen so lange zu belagern, bis die demokratische Verfassung wiederhergestellt sei. Die Aristokratenpartei wartete auf ein Eingreifen Spartas, das aber nicht erfolgte. So brach auch die neue Regierung zusammen, und die siegreichen Demokraten richteten die alte Verfassung wieder auf (410). Diese Regierung rief Alkibiades nach Athen zurück, versprach ihm eine vollständige Amnestie und Wiedereinsetzung in seine Rechte und Güter. Alkibiades übernahm zunächst den Oberbefehl über die Flotte bei Samos, eroberte die Stadt Kyzikos und nach einjähriger Belagerung Chalkedon und Byzanz. Dadurch war die Getreidezufuhr aus den Küstengebieten um das Schwarze Meer wieder gesichert. Im Jahre 408 hielt Alkibiades als Stratege einen triumphalen Einzug in Athen. Er wurde von allen Anschuldigungen freigesprochen und galt als Retter des Vaterlandes. Das erneute Eingreifen des Perserreiches jedoch und die Persönlichkeit Lysanders, eines Alkibiades ebenbürtigen spartanischen Heerführers, führten bald zu einem Umschwung auf militärischem Gebiet. Die Athener verloren die Schlacht von Notion. Konsequent setzten sie Alkibiades wieder ab, er zog sich auf seine Güter in Thrakien zurück, wo er das Leben eines unabhängigen großen Herrn führte. Nach Athens Fall 404 flüchtete er an den persischen Hof, wo er auf Betreiben Lysanders ermordet wurde.

Athen schlug die Peloponnesier bei den Arginusen mit der letzten Flotte, die mit großer Kraftanstrengung ausgerüstet wurde. 4000 Leute ertranken, weil die siegreichen Strategen die Bergungsarbeiten nach Beendigung der Schlacht wegen eines aufkommenden Sturms abbrachen. In einem tumultartigen Verfahren verurteilte die Ekklesia alle acht Feldherren zum Tode, weil sie es versäumt hatten, die eigenen Schiffbrüchigen zu retten. Gegen das ungesetzliche Verfahren hatten einige Prytanen, darunter Sokrates, Einspruch erhoben, jedoch ohne Erfolg. Zwei der Strategen konnten fliehen, die anderen tranken den Giftbecher.

Ein spartanisches Friedensangebot schlugen die Athener aus, teils in Verkennung der wirklichen Situation, teils in dem Willen, die Demokratie zu retten, koste es, was es wolle. Lysander verstärkte mit Hilfe des Perserkönigs die spartanische Flotte. Im Herbst 405, bei der Seeschlacht von Aigospotamoi am Hellespont, gelang es ihm, die athenische Flotte fast gänzlich zu vernichten. Die Spartaner machten Tausende von Gefangenen, fast 4000 wurden hingerichtet. Athen war verloren. Es hatte keine Schiffe mehr und kein Geld, um neue zu bauen. Die verbündeten Städte und Inseln ergaben sich fast widerstandslos dem vorrückenden Sieger. Athen wurde zu Wasser und zu Lande blockiert. Nachdem die Hungersnot viele Tote gefordert hatte, ergaben sich die Bewohner 404.

Die Befestigungen und die Langen Mauern mußten niedergerissen werden. Athen verlor alle auswärtigen Besitzungen und wurde zur Heeresfolge im peloponnesischen Bund gezwungen. Die Spartaner setzten eine oligarchische Regierung ein. Die Tyrannei der 30 Oligarchen brachte auch den innenpolitischen Tiefpunkt der Geschichte Athens.

Die Frösche (405)

Anfang 405, nach der siegreichen Schlacht bei den Arginusen, nach dem Tribunal gegen die Feldherrn, vor der verheerenden Seeschlacht bei Aigospotamoi brachte Aristophanes eine neue Literaturkomödie zur Aufführung: die *Frösche*. Sie errangen einen furiosen Sieg am Lenäenfest und mußten – in der Geschichte des griechischen Theaters ein fast beispielloser Vorgang – ein zweites Mal aufgeführt werden.

Im Jahre 406 waren Sophokles und Euripides gestorben. Nun will der Gott des Bühnenspiels, Dionysos, den besten der toten Tragiker aus der Unterwelt heraufholen, um dem Niedergang der Tragödie entgegenzuwirken. Dionysos wandert mit seinem Diener Xanthias in die Unterwelt, den Hades. Er verkleidet sich als Herakles, um den Mächten der Unterwelt Respekt einzuflößen, und es kommt zu komischen Verwechslungen. Der Titel der Komödie leitet sich von einer Szene her, in der Dionysos bei der Fahrt über den Unterweltsee einen Quak-Wettkampf mit Fröschen ausführen muß. Zum Dichterwettkampf in der Unterwelt treten dann von den drei großen Tragödiendichtern nur Aischylos (gest. 456) und Euripides an, Sophokles gesteht dem älteren Kollegen Aischylos neidlos den Vorrang zu. Aischylos wird von Aristophanes als der große und geniale Dichter, der dem Land nützt, gezeigt, Euripides wird als intellektueller, schlechter Volksverführer dargestellt. In der Parabase äußert der Dichter zum letzten Mal in einer der erhaltenen Komödien seine persönliche Sorge um die Stadt:

»Oftmals hat es mir geschienen: Unsrer Stadt ergeht es ganz
Ebenso mit ihren besten Bürgern, jedes Lobes wert,
Wie es mit der alten Münze und dem neuen Golde geht:
Denn auch jene, die doch wahrlich weder falsch ist noch zu leicht,
Ja, die unter allen Münzen, die ich weiß, die beste ist
Und allein ein gut Gepräge trägt und Klang und Geltung hat
Unter den Hellenen allen und im Ausland überall,
Jene braucht ihr nicht mehr, sondern dieses schlechte Kupfergeld,
Gestern oder ehegestern ausgeprägt, von schlechtem Klang!
Bürger, die wir kennen, edel von Geburt und einsichtsvoll,
Männer redlichen Charakters, makellos, gerecht und gut,
Wohlgeübt im Kampf, in Chören und in jeder Musenkunst,
Die verschmähn wir, und das Kupfer: Pyrrhiasse, Fremdlinge,
Schurkensöhn und Schurken, brauchen wir zu allem, Burschen, die
Kaum zur Stadt hereingekommen, die man hier zu andrer Zeit
Nicht gebraucht als Sündenböcke hätte bei dem Sühnungsfest!
Aber jetzo, ihr Betörten, ändert jetzt noch euren Sinn,
Braucht die Guten euch zum Besten; bleibt ihr glücklich, nun dann habt
Ihr's verdient, und kommt ein Unfall, war es doch ein guter Strick.
Was ihr tragt, ihr tragt es männlich, und euch lohnt der Weisen Lob!«

Der Erkenntnis, daß die Tragödie am Ende war, wird begegnet mit dem Versuch, die alte Tragödie noch einmal aus der Unterwelt hervorzuholen, ganz ähnlich wie der Erkenntnis, daß die Staatsform pervertiert sei, bei Aristophanes immer wieder Hinweise auf die alte Zeit gegenüberstehen, die als »Goldenes Zeitalter« in die Geschichtsschreibung eingegangen ist. Im Grunde hat Aristophanes trotz aller Aggressivität Euripides wahrscheinlich geschätzt. In seinen Komödien werden 46 Stücke des Euripides zitiert. Newiger schreibt, er könne von einem Haß des Komikers gegen den Tragiker keine Spur finden. »Mochte Aristophanes, wie auch immer, konservativ sein, er hatte jedenfalls die Größe des Euripides erkannt, wie es denn überhaupt sein Ruhmestitel ist, daß er sich nie mit der zweiten Garnitur abgab.«

Ähnlich schwer zu bestimmen, allein von der Darstellungsweise in der Komödie her, ist das Verhältnis zu Sokrates.

Aristophanes und Sokrates oder Über die Wirkung des Spottes

Die Komödie *Die Wolken* wurde im Jahr 423 an den großen Dionysien aufgeführt. Bei dem Wettbewerb gewannen zwei andere Komödiendichter, Aristophanes fiel durch. Das heute vorliegende Stück stellt eine vom Dichter aufgrund des Mißerfolgs vorgenommene Bearbeitung dar, die nicht zur Aufführung gelangte.

Thema ist das Problem der Erziehung. »Daß hier aber die neumodische Erziehung gerade durch Sokrates vermittelt wird, hat die Komödie so umstritten gemacht. Denn der Sokrates bei Aristophanes unterscheidet sich von dem durch Platon bekanntgewordenen Sokrates dadurch, daß er als einer der sophistischen Philosophen erscheint, gegen die Platon seinen Lehrer gerade kämpfen läßt. Vieles, was in den *Wolken* als Lehre des Sokrates erscheint, gehört in Wahrheit anderen Denkern und wird vom platonischen Sokrates durchaus abgelehnt« (NEWIGER, S. 112). Sophistik bedeutet eigentlich »Weisheitslehre«, es war eine philosophische Richtung, die Mitte des 5. Jahrhunderts an Einfluß gewann. Sie stellte das Individuum ins Zentrum des Denkens, der Mensch wurde zum Maß der Erkenntnis aller sittlichen und ästhetischen Werte. Der demokratische Staat gab diesem selbstbewußten Individuum ein neues Lebensziel und Betätigungsfeld in der Politik. Um sich im öffentlichen Leben durchzusetzen, mußte der einzelne mit einem gewissen Maß von Wissen ausgerüstet sein, das ihn befähigte, in der Volksversammlung und vor Gericht zu sprechen und sich gegen einen Gegner durchzusetzen. Diese Bildung und rhetorische Technik vermittelten anfangs Wanderlehrer, die von Stadt zu Stadt ganz Griechenland durchzogen und Vorträge hielten. Später ließen sie sich nieder und unterrichteten Kinder der höheren Stände – für sehr viel Geld. Zu ihrem Stoff gehörten auch praktische Lebensfragen wie Gesetzeskunde, Vermögensverwaltung, Sklavenwirtschaft.

Ursprünglich hatte die Bezeichnung »Sophist« keinen mindernden Beigeschmack. Die Sophisten konnten für sich das Verdienst in Anspruch nehmen, die Grundbegriffe von Lyrik und Grammatik festgelegt zu haben, Beweisformen entdeckt und jene Genauigkeit des Denkens geschaffen zu haben, die die Grundlage jeden wissenschaftlichen Arbeitens ist. Erst später wurden sie unbeliebt durch ihr prahlerisches Gehabe, oft auch durch ihr Bestreben, Unrichtiges durch Logik und Rhetorik plausibel und überzeugend zu machen. So ist die Sophistik nach Aristoteles (384-322) ein Scheinwissen, die schlechte Kunst des Scheinbeweisens, der Spitzfindigkeit. Die Sophisten unterzogen die herkömmliche Überlieferung einer tiefgehenden, manchmal auch zerstörenden Kritik. Ihre Erkenntnistheorie suchte die Relativität jeder Wahrheit zu erweisen. Das führte zu Skeptizismus, Subjektivismus.

Sokrates dagegen dachte Wissen stets verbunden mit Tugend. Der Weg zum Wissen führte bei ihm zur sittlichen Einsicht und zum richtigen Handeln. Sittlichkeit bestand für ihn in den Tugenden der Frömmigkeit gegen die Götter, der Mäßigung aller Leidenschaften und der Gerechtigkeit gegenüber den Mitmenschen. Ziel allen Lebens ist die Eudaimonia, die eigene und fremde Glückseligkeit. Eine Stimme im Innern des Menschen, das Daimonion, warnt ihn vor allem Bösen.

Die Wolken (423)

Der Sohn aus der ungleichen Ehe zwischen dem sparsamen Bauern Strepsiades und einer feinen städtischen Dame hat seinen Vater durch seinen vornehmen Hang zu Pferderennen in Schulden gebracht. Der Vater meint, sich seiner Gläubiger entledigen zu können, wenn er die sophistische Redekunst erlernt, die »die schwächere Sache zur stärkeren macht.« Er geht zu Sokrates, der als Sophist karikiert wird. Dieser wohnt in einer »Denkerbude« und bringt armseligen Schülern, in einem Korb über ihnen schwebend, die Mysterien einer verstiegenen Wissenschaft bei, als deren Schutzgötter die nebelhaften Wolken gelten.

Nach einer Scheindiskussion wählt Strepsiades die »ungerechte Rede«, die über die »gerechte Rede« gesiegt hat, als Lehrmeisterin. Aber sein Sohn wendet die neuen unmoralischen Redetricks gegen ihn selbst an, er beweist nämlich, daß es recht und billig sei, den eigenen Vater zu verprügeln, und tut es auch. Da entschließt sich der Vater, Gewalt anzuwenden, und zündet die Denkerbude des Sokrates an. Dieser entflieht samt seinen Schülern.

Aristophanes schlug in diesem Stück Themen an, die bis heute beliebte Komödienstoffe bilden: das Generationsproblem, die Verhöhnung der Intellektuellen. Sie haben aber in seinem Fall wiederum einen aktuellen Bezug: die rhetorische Schulung durch die

Sophisten spielte besonders bei der Erziehung der Führungsschicht eine entscheidende Rolle, was das Vorurteil der einfachen Leute gegen die Reichen verstärkte. Platon nun gibt in der »Apologie des Sokrates« dieser Komödie eine gewisse Schuld an der Herausbildung eines Vorurteils gegen den Philosophen Sokrates. In seiner Verteidigungsrede kommt Sokrates auf die Argumente seiner Gegner zu sprechen:

»Mit was für Reden also verleumdeten mich meine Verleumder? Als wären sie ordentliche Kläger, so muß ich ihre beschworene Klage ablesen: ›Sokrates frevelt und treibt Torheit, indem er unterirdische und himmlische Dinge untersucht und Unrecht zu Recht macht und dies auch andere lehrt.‹ Solcherart ist sie etwa; denn solcherlei habt ihr selbst gesehen in des Aristophanes Komödie, wo ein Sokrates vorgestellt wird, der sich rühmt, in der Luft zu gehen, und viel andere Albernheiten vorbringt, wovon ich weder viel noch wenig verstehe.«

Das »Gastmahl« von Platon aber zeigt Aristophanes und Sokrates freundschaftlich in tiefsinnigem Gespräch vereint. Daß gerade Sokrates die Zielscheibe des Spotts abgab, lag wohl daran, daß er, anders als die Sophisten, Athener war und eine komische, dabei äußerst volkstümliche Persönlichkeit. Seinem Porträt nach zu urteilen, hatte er schon vom Äußeren her Ähnlichkeit mit den stumpfnasigen und wulstlippigen Satyrn auf alten Vasenbildern mit Dionysosprozessionen. Seine Kleidung war ärmlich, sommers wie winters ging er barfuß, tagsüber hielt er sich auf dem Marktplatz und in den Handwerkervierteln auf und verwickelte die Leute in Diskussionen über den Sinn des Lebens. Angeblich hatte er eine zänkische Frau, Xanthippe – auch das ist bester Schwank- und Possenstoff.

Seine Verhöhnung in den *Wolken* soll ihn sehr amüsiert haben. Er war während der Aufführung anwesend und stand zuvorkommend auf, damit man die Bühnenmaske des Schauspielers besser mit dem Urbild vergleichen konnte. So berichtet jedenfalls eine Anekdote.

»Als Aristophanes die *Wolken* schrieb, stand jedenfalls fest, ... daß darin keine Bedrohung für Sokrates liegen konnte« (O. SEEL, S. 103). Die alte Komödie attackierte und verspottete prominente Zeitgenossen mit einer Boshaftigkeit, die der modernen Satire versagt ist. Gelegentlich versuchte man in Krisenzeiten, das »namentliche Verspotten einzelner Personen« gesetzlich einzuschränken, Einzelheiten sind jedoch unbekannt. Kleon klagte 426 Aristophanes wegen »Verspottung athenischer Beamter in Gegenwart von Fremden« an – wie es scheint jedoch ohne Folgen. Die *Ritter* mit ihrer groben Verhöhnung Kleons gewannen zwar 424 den ersten Preis, an der Beliebtheit des Verspotteten änderte sich dadurch gar nichts – er wurde im nächsten Jahr wieder zum Strategen gewählt. In dem Sinne also zeigte der Spott der Komödie keinerlei unmittelbare politische Wirkung.

Traditionelles Moment der alten Komödie ist auch der Spott über die Götter. Götter- und Heldensagen wurden burlesk behandelt; gelegentlich konnte ein Mythos in eine Satire auf zeitgenössische Politik umgewandelt werden, indem man beispielsweise eine Analogie zwischen Zeus und Perikles schuf. Die Blasphemie innerhalb der Komödie war ein toleriertes komisches Element.

Anders war es in der Wirklichkeit: Nach 404 wurden Religion, Kult, Götterglauben zum polizeilich beaufsichtigten Tabu, so als wäre die Ursache des verlorenen Krieges vielleicht doch in einer Ehrverletzung der homerischen Götter zu sehen. Schon vorher jedoch war es zum Ausbruch einer hektischen, schließlich fast hysterischen Frevel-Furcht gekommen: 415, bei dem Prozeß gegen die Schänder der Hermes-Säulen; 411, als man die Bücher des Sophisten Protagoras öffentlich verbrannte und ihn in die Verbannung trieb. »Aber völlig zu Ende war es mit der Freiheit von Wort, Meinung und ungebundener Spekulation in den Jahren nach der politischen Katastrophe Athens, und in diese Zeit fällt der Sokratesprozeß (399)« (O. SEEL, S. 103). Sokrates wurde angeklagt, er verehre nicht die Götter der Stadt, sondern andere neue Dämonen, und er verderbe die Jugend. Der erste Teil der Anklage bezog sich auf das »Daimonion«, das Gewissen, das Sokrates mit zur Grundlage seines Rechtsempfindens gemacht hatte, das zweite darauf, daß sich unter Sokrates Schülern zeitweilig auch Alkibiades und Kritias befunden hatten; Kritias war einer der besonders grausamen Tyrannen der 30, die inzwischen wieder gestürzt waren.

Von 500 Richtern stimmten 281 für schuldig. Man beantragte die Todesstrafe. Sokrates schlug in einem Gegenantrag für sich selbst die lebenslange Ehrenspeisung im Prytaneion vor. Dies brachte die Richter erst recht gegen ihn auf, bei einem zweiten Zusammentreten des Gerichtshofes wurde er endgültig zum Tode verurteilt. Von der von Freunden gebotenen Möglichkeit, sich durch Flucht zu retten, machte Sokrates keinen Gebrauch. Er trank in aller Gelassenheit – so ist es jedenfalls überliefert – den Giftbecher.

In Platons »Gastmahl« (Symposion) findet sich ein wunderschöner Dialog, bei dem Aristophanes, feiernd mit Sokrates und seinen Freunden, hervortritt mit einer Geschichte über die Entstehung der

Liebe, des Eros, die noch einmal das schon zitierte Motiv aus den *Vögeln* (vgl. S. 119) wieder aufnimmt:

»Allerdings, habe also Aristophanes gesagt, habe ich im Sinne, ganz anders zu reden, als ihr beide, du und Pausanias, gesprochen habt. Denn mir scheinen die Menschen durchaus der wahren Kraft des Eros nicht innegeworden zu sein. Denn wären sie es: so würden sie ihm die herrlichsten Heiligtümer und Altäre errichten und die größten Opfer bereiten, und es würde nicht wie jetzt gar nichts dergleichen für ihn geschehen, dem es doch ganz vorzüglich geschehen sollte. Denn er ist der menschenfreundlichste unter den Göttern, da er der Menschen Beistand und Arzt ist in demjenigen, aus dessen Heilung die größte Glückseligkeit für das menschliche Geschlecht erwachsen würde. Ich also will versuchen, euch seine Kraft zu erklären, und ihr sollt dann die Lehrer der übrigen sein. Zuerst aber müßt ihr die menschliche Natur und deren Begegnisse recht kennenlernen. Nämlich unsere ehemalige Natur war nicht dieselbe wie jetzt, sondern eine ganz andere. Denn erstlich gab es drei Geschlechter von Menschen, nicht wie jetzt nur zwei, männliches und weibliches, sondern es gab noch ein drittes dazu, welches das gemeinschaftliche war von diesen beiden, dessen Name auch noch übrig ist, es selbst aber ist verschwunden. Mannweiblich nämlich war damals das eine, Gestalt und Benennung zusammengesetzt aus jenen beiden, dem männlichen und weiblichen, jetzt aber ist nur noch ein Name, der zum Schimpf gebraucht wird. Ferner war die ganze Gestalt eines jeden Menschen rund, so daß Rücken und Brust im Kreise herumgingen. Und vier Hände hatte jeder und Schenkel ebensoviel wie Hände, und zwei Angesichter auf einem kreisrunden Halse einander genau ähnlich, und einen gemeinschaftlichen Kopf für beide einander gegenüberstehende Angesichter, und vier Ohren, auch zweifache Schamteile, und alles übrige wie es sich hieraus ein jeder weiter ausdenken kann. Er ging aber nicht nur aufrecht wie jetzt, nach welcher Seite er wollte, sondern auch, wenn er schnell wohin strebte, so konnte er, wie die Radschlagenden jetzt noch, indem sie die Beine gerade im Kreise herumdrehen, das Rad schlagen, ebenso auf seine acht Gliedmaßen gestützt sich sehr schnell im Kreise fortbewegen. Diese drei Geschlechter gab es aber deshalb, weil das männliche ursprünglich der Sonne Ausgeburt war und das weibliche der Erde, das an beidem teilhabende aber des Mondes, der ja auch selbst an beiden teilhat. Und kreisförmig waren sie selbst und ihr Gang, um ihren Erzeugern ähnlich zu sein. An Kraft und Stärke nun waren sie gewaltig und hatten auch große Gedanken, und was Homeros vom Ephialtes und Otos sagt, das ist von ihnen zu verstehen, daß sie sich einen Zugang zum Himmel bahnen wollten, um die Götter anzugreifen.

Zeus also und die anderen Götter ratschlagten, was sie ihnen tun sollten, und wußten nicht, was. Denn es war weder tunlich, sie zu töten und, wie die Giganten sie niederdonnernd, das ganze Geschlecht wegzuschaffen, denn so wären ihnen auch die Ehrenbezeugungen und die Opfer der Menschen mit weggeschafft worden, noch konnten sie sie weiter freveln lassen. Mit Mühe endlich hatte sich Zeus etwas ersonnen und sagte: Ich glaube nun ein Mittel zu haben, wie es noch weiter Menschen geben kann und sie doch aufhören müssen mit ihrer Ausgelassenheit, wenn sie nämlich schwächer geworden sind. Denn jetzt, sprach er, will ich sie jeden in zwei Hälften zerschneiden, so werden sie schwächer sein und doch zugleich uns nützlicher, weil ihrer mehr geworden sind, und aufrecht sollen sie gehen auf zwei Beinen. Sollte ich aber merken, daß sie noch weiter freveln und nicht Ruhe halten wollen, so will ich sie, sprach er, noch einmal zerschneiden, und sie mögen dann auf einem Beine fortkommen wie Kreisel. Dies gesagt, zerschnitt er die Menschen in zwei Hälften, wie wenn man Früchte zerschneidet, um sie einzumachen, oder wenn sie Eier mit Haaren zerschneiden. Sobald er aber einen zerschnitten hatte, befahl er dem Apollon, ihm das Gesicht und den halben Hals herumzudrehen nach dem Schnitte hin, damit der Mensch, seine Zerschnittenheit vor Augen habend, sittsamer würde, und das übrige befahl er ihm auch zu heilen. Dieser also drehte ihm das Gesicht herum, zog ihm die Haut von allen Seiten über das, was wir jetzt den Bauch nennen, herüber, und wie wenn man einen Beutel zusammenzieht, faßte er es in eine Mündung zusammen und band sie mitten auf dem Bauche ab, was wir jetzt den Nabel nennen. Die übrigen Runzeln glättete er meistenteils aus und fügte die Brust einpassend zusammen, mit einem solchen Werkzeuge, wie womit die Schuster über dem Leisten die Falten aus dem Leder ausglätten, und nur wenige ließ er stehen um den Bauch und Nabel, zum Denkzeichen des alten Unfalls. Nachdem nun die Gestalt entzweigeschnitten war, sehnte sich jedes nach seiner andern Hälfte, und so kamen sie zusammen, umfaßten sich mit den Armen und schlangen sich ineinander, und über dem Begehren zusammenzuwachsen, starben sie aus Hunger und sonstiger Fahrlässigkeit, weil sie nichts getrennt voneinander tun wollten. War nun die eine Hälfte tot und

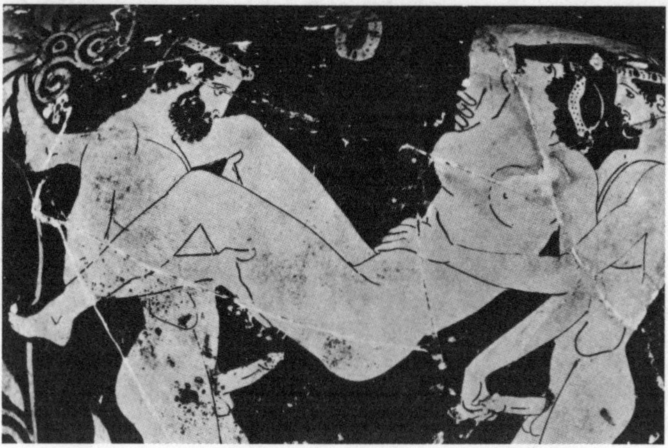

Frau mit zwei Liebhabern

die andere blieb übrig, so suchte sich die übriggebliebene eine andere und umschlang sie, mochte sie nun auf die Hälfte einer ehemaligen ganzen Frau treffen, was wir jetzt eine Frau nennen, oder auf die eines Mannes, und so kamen sie um. Da erbarmte sich Zeus und gab ihnen ein anderes Mittel an die Hand, indem er ihnen die Schamteile nach vorne verlegte, denn vorher trugen sie auch diese nach außen und erzeugten nicht eines in dem anderen, sondern in die Erde wie die Zikaden. Nun aber verlegte er sie ihnen nach vorne und bewirkte vermittels ihrer das Erzeugen ineinander, in dem Weiblichen durch das Männliche, deshalb, damit in der Umarmung, wenn der Mann eine Frau träfe, sie zugleich erzeugten und Nachkommenschaft entstände, wenn aber ein Mann den andern, sie doch eine Befriedigung hätten durch ihr Zusammensein und erquickt sich zu ihren Geschäften wenden und, was sonst zum Leben gehört, besorgen könnten. Von so langem her also ist die Liebe zueinander den Menschen angeboren, um die ursprüngliche Natur wiederherzustellen, und versucht aus zweien eins zu machen und die menschliche Natur zu heilen.«

Politisches Elend oder Gerechtigkeit als Utopie

»Die (alte, politische) Komödie war mit Sokrates mitverurteilt und am Ende« (O. SEEL, S. 105). Die beiden letzten Stücke Aristophanes' gehören ins 4. Jahrhundert, in dem sich dann in Athen politische und philosophische Größe diametral zueinander entwickelten. Die politische Herrschaft hatten die Athener verloren; der erzwungene Ausschluß von den Staatsgeschäften, zum Teil aber auch der Rückzug aus der als schmutzig empfundenen Politik führten zu einer Flucht in die Utopie – oder zu einer Entdeckung der Utopie, der geistigen, spekulativen Möglichkeit. Die Rolle der Politik wurde abgelöst durch die Rolle der Philosophie.

Das läßt sich auch an den Stücken von Aristophanes beobachten. Die Komödien *Die Ekklesiazusen* (Die Weibervolksversammlung) von 392 (Datum erschlossen) und *Plutos* (Reichtum) von 388 haben keinen aktuellen politischen Anknüpfungspunkt mehr. Zwar war nach der grausamen Willkürherrschaft der 30 Oligarchen schon 403 wieder die Demokratie eingeführt worden – wie immer ist sie die Voraussetzung der Handlung –, zwar baute Athen 394 die Langen Mauern wieder auf und schloß sich nach jahrelanger spartanischer Vorherrschaft einer neuen Mächtegruppierung an (Theben, Korinth, Argos), aber all dies berührt den Dichter nicht mehr. Das aktuelle Moment beider Komödien ist die Armut, die damals den einzelnen wie den Staat bedrückte, Armut steht hier aber nicht nur für materiellen Mangel, sondern auch für die Armseligkeit der politischen Verhältnisse.

Die Ekklesiazusen (392)

In den *Ekklesiazusen* wollen – ähnlich wie unter Lysistrata – die Frauen unter Führung der mundfertigen und gerissenen Praxagora den Männern zeigen, wie man Politik macht. Sie beschließen eine kommunistische Vergesellschaftung aller Güter; da aber in die Güter- und Essensgemeinschaft auch die Männer und die Frauen einbezogen werden, ergeben sich unvorhergesehene Konsequenzen, die das ganze ad absurdum führen.

PRAXAGORA Hört: Alles wird künftig Gemeingut sein,
und allen wird alles gehören,
Sich ernähren wird einer wie alle fortan,
nicht Reiche mehr gibt es noch Arme,
Nicht besitzen wird der viele Morgen Lands
und jener kein Plätzchen zum Grabe;
Nicht Sklaven in Meng wird halten der ein'
und der andre nicht einen Bedienten,
Nein, allen und jeden gemeinsam sei
gleichmäßig in allem das Leben!
...
... Nun seht, zuvörderst erklär ich
die Äcker
Zum Gemeingut aller, auch Silber und Gold
und was alles der einzelne sein nennt!
Wenn also die Güter vereinigt sind, werden
wir euch ernähren und pflegen.
...
Aus Mangel wird nie mehr ein Mensch etwas tun;
denn alles ist Eigentum aller,
Brot, Kuchen, Gewänder, gepökeltes Fleisch,
Wein, Erbsen und Linsen und Kränze.
Wer nicht abliefern will, profitiert dabei nichts!
Ja, besinne dich nur und belehr uns!

BLEPYROS Ei, stehlen denn nicht am meisten auch jetzt,
die am meisten zuvor schon besitzen?

CHREMES So war es, mein Bester, solang wir uns noch
in den alten Geleisen bewegten,
Doch von nun an, wenn alles Gemeingut ist:
was gewinnt, wer das Seine nicht abgibt?

BLEPYROS Sticht einem ein Dirnchen ins Auge, begehrt er
und brennt er, zu ihr sich zu legen,
Die beschenkt er von dem, was zurück er behielt,
und läßt, hat er sie dann beschlafen,
Vom Gemeingut wieder sich füttern.

PRAXAGORA O nein! Er kann doch umsonst sie beschlafen;
Denn die Weiber auch werden Gemeingut sein,
und zu jedem wird jede sich legen
Und schwängern sich lassen von jedem, der will!

(*Ekklesiazusen* V. 590 ff., Übers. v. H.-J. NEWIGER)

Spricht hier die tatkräftige Urahne von Engels und Marx?

Plutos (Der Reichtum) (388)

Im *Plutos* begegnet der alte Chremylos dem blinden Plutos, der Personifikation des Reichtums und seiner willkürlichen Verteilung. Plutos soll durch eine Wunderkur sehend gemacht werden, aber dem stellt sich Penia, die Armut, entgegen, die in einem Streitgespräch die Segnungen der Armut verteidigt. Das Stück ist mehr allegorisches Märchen als Komödie; wie die *Ekklesiazusen* ist es ein phantastischer Entwurf, der über die Wirklichkeit hinausweist, utopische Verfremdung sozialpolitischer Themen, die zur Wirklichkeit keinen direkten Bezug mehr anstrebt.

Diese utopischen Konzepte spielen auch bei anderen Philosophen der Zeit eine Rolle, so z. B. in Platons »Staatsutopie«. In seinen »Gesetzen« bezieht Platon auch die Stellung der Frau in seine utopischen Forderungen ein:

»Einem freigeborenen Weibe soll es erlaubt sein, vor Gericht zu zeugen, anzuklagen und zu verteidigen, wenn sie über 40 Jahre alt und unverheiratet ist. Solange der Mann lebt, soll dieser für sie zeugen« (zitiert nach O. SEEL, S. 53). Dies war natürlich für diese Zeit eine zu radikale Forderung.

Hetäre mit Liebhaber

Über das Leben des Aristophanes

Über das Leben von Aristophanes weiß man außerordentlich wenig. Er war Athener, stammte aus dem Stadtteil Kydathenai, wie sein Erzfeind, der Demagoge Kleon. Die Lebensdaten sind ungewiß, geboren ist er wohl etwa 445 v. Chr. Sein Vater besaß möglicherweise Ländereien auf der Insel Ägina, darauf führt man seine Vorliebe für bäuerliche Motive und Sehensweisen zurück. Sein erstes (nicht erhaltenes Stück) *Daitales* wurde 427 aufgeführt. Im Gegensatz zur allgemein üblichen Praxis studierte er es nicht selbst ein, sondern ließ es von einem Chormeister auf die Bühne bringen, dies geschah auch bei den meisten der folgenden Komödien. Er war für ein Jahr Ratsherr. Seine letzten (nicht erhaltenen) Stücke *Kokales* und *Aiolosikon* wurden durch seinen Sohn Araros frühestens 387/86 aufgeführt. Auch seine Söhne Philippos und Nikistratos waren Komödiendichter. Vermutlich ist er 386 gestorben. Insgesamt schrieb er 44 Komödien, von denen 11 erhalten sind.

Das laßt euch gesagt für die Zukunft sein,
ihr Verehrtesten! Wenn sich ein Dichter bemüht,
Überraschendes, Neues zu schaffen für euch,
so behandelt ihn freundlich und haltet ihn wert,
und bewahrt sie wohl auf, die poetische Frucht,
und legt sie in eure Truhen hinein
mit den Äpfeln zusammen. Befolgt ihr den Rat,
dann riecht man – o Würze – jahraus und jahrein
an den Kleidern euch schon den Verstand an.

ARISTOPHANES, *Wespen*, V. 1050 ff.

Einige Zeitgenossen

Der Staatsmann und Kunstmäzen *Perikles* (499-429), die Dramatiker *Sophokles* (ca. 496-406) und *Euripides* (480-406), der Philosoph *Sokrates* (469-399), die wichtigsten Philosophen der sophistischen Richtung *(Gorgias, Prodikos, Hippias, Protagoras)*, die das naturwissenschaftliche Denken, die Kunst der Rhetorik und die politische Wissenschaft begründeten, der Arzt *Hippokrates* (460-377), der Geschichtsschreiber *Thukydides* (460-ca. 400), der Philosoph *Platon* (427-347), der wiederum Aristophanes zu einer literarischen Figur machte, und nicht zuletzt die Komödiendichter *Kratinos* (gest. ca. 420) und *Eupolis* (gest. ca. 411), die bei Wettkämpfen manchmal über Aristophanes siegten, von ihm in seinen Stücken veralbert wurden, mit ihm in Freundschaft und Gegnerschaft eng verbunden waren, – wobei alle drei sich ständig Plagiate zum Vorwurf machten. Von ihnen sind keine vollständigen Stücke erhalten.

Bibliographie

Hier werden Werke angeführt, die im Text zitiert werden oder bei der Darstellung direkt Verwendung fanden.

Werkausgaben *Des Aristophanes Werke*. Übersetzt von Joh. Gustav Droysen. 3. Aufl. Leipzig 1881

Antike Komödien – *Aristophanes*; hrsg. und mit einem Nachwort versehen von H. J. NEWIGER. Neubearbeitung der Übersetzungen von L. Seeger (Frankfurt a. M. 1843-48) mit Anmerkungen von H. J. Newiger und Peter Rau, München 1968.

Diese Ausgabe bietet ausführliches Informationsmaterial über den geschichtlichen Hintergrund, die Zuordnung der einzelnen Dramen und über die Theatertechnik, außerdem Erklärungen von Namen und Begriffen, von Zitaten aus der Antike usw.

Newiger verfaßte ebenfalls eine Biographie des Aristophanes, die sich neben weiterer wissenschaftlicher Literatur in folgendem Sammelband befindet:

H. J. NEWIGER: *Aristophanes und die Alte Komödie*. (Wege der Forschung CCLXV), Darmstadt 1975.

Obszön?

Der Brief von Aubrey Beardsley ist dem Nachwort zu dem Band: Aristophanes, *Lysistrate*, illustriert von Aubrey Beardsley, Zürich 1981 (Diogenes) entnommen.

Informationen zum Phallus-Kult: *Paulys Real-Encyclopädie der Classischen Altertumswissenschaft*, hrsg. v. GEORG WISSOWA. Stuttgart 1894, dort auch ausführlicher Artikel zur Hetäre.
H. LICHT: *Sittengeschichte Griechenlands*. Zürich 1928.
J. MARCADÉ, W. ZSCHIETZSCHMANN: *Eros Kalos*. Studie über die erotischen Darstellungen in der griechischen Kunst. Hamburg/Genf 1962. Hier findet man umfangreiches Bildmaterial und sonst schwer zugängliche Textausschnitte antiker Poesie.

Ursprung, Art und Spielweise der Komödie

K. J. DOVER: »Die griechische Komödie.« In: *Propyläen-Geschichte der Literatur* Bd. 1: Die Welt der Antike. Berlin 1981.
H. KENNER: *Das Theater und der Realismus in der griechischen Kunst*. Wien 1954.
H. KREFELD: *Hellenika* – Ein Begleitbuch für die griechische Lektüre. Frankfurt 1966.
E. NACK, W. WÄGNER: *Hellas. Land und Volk der alten Griechen*. Wien u. Heidelberg 1955.

Demokratie – Komödie

A. MEDER: *Der athenische Demos zur Zeit des peloponnesischen Krieges im Lichte zeitgenössischer Quellen*. München 1938.
K. RAAFLAUB: »Politisches Denken und Handeln bei den Griechen.« In: *Propyläen-Geschichte der Literatur* Bd. 1: Die Welt der Antike. Berlin 1981.
H. KREFELD: *Hellenika* a.a.O.
E. NACK, W. WÄGNER: *Hellas*, a.a.O.

Stellung der Frau

E. BURCK: *Die Frau in der griechisch-römischen Antike*. München 1969.
U. PAOLI: *Die Frau im alten Hellas*. Bern 1955.
O. ZIERER: *Kultur und Sittenspiegel. Griechenland und Rom*. Stuttgart/Salzburg o. J.
J. MARCADÉ/W. ZSCHIETZSCHMANN – *Eros Kalos*. A.a.O.

Geschichtlicher Überblick/Komödien

THUKYDIDES: *Geschichte des Peloponnesischen Krieges*. München 1973.
H. BENGTSON: *Griechische Geschichte*. Von den Anfängen bis in die römische Kaiserzeit. München 1977[5].
E. NACK/W. WÄGNER: *Hellas*. A.a.O.

Interessante essayistische Interpretationen zu einzelnen Komödien gibt:

O. SEEL: *Aristophanes oder Versuch über die Komödie*. Stuttgart 1960, hier besonders verwendet bei den *Wolken* und *Lysistrata*.

Leben des Aristophanes

Die Daten zum Leben des Aristophanes und die Einordnung der Entwicklung seiner Dramen und ihrer Inhalte sind überwiegend entnommen aus: *Lexikon der Antike*. München 1970.